周莲珊 主编

常一华 人物传奇

主殿之路

华 著

山西出版传媒集团
山西教育出版社

图书在版编目（CIP）数据

圣殿之路／赵华著. —太原：山西教育出版社，2018.9（2020.6 重印）

("一带一路"人物传奇／周莲珊主编)

ISBN 978-7-5440-9775-8

Ⅰ.①圣… Ⅱ.①赵… Ⅲ.①长篇小说—中国—当代 Ⅳ.①I247.5

中国版本图书馆 CIP 数据核字（2018）第 016140 号

圣殿之路
SHENGDIAN ZHI LU

出 版 人	雷俊林
选题策划	李梦燕
编辑统筹	朱　旭
责任编辑	李梦燕　王　珂
复　　审	彭琼梅
终　　审	康　健
装帧设计	陈　晓
印装监制	蔡　洁

出版发行　山西出版传媒集团·山西教育出版社
（太原市水西门街馒头巷 7 号　电话：0351-4729801　邮编：030002）

印　　装	阳谷毕升印务有限公司
开　　本	850×1168　1/32
印　　张	7
字　　数	131 千字
版　　次	2018 年 9 月第 1 版　2020 年 6 月第 4 次印刷
书　　号	ISBN 978-7-5440-9775-8
定　　价	21.00 元

如发现印、装质量问题，影响阅读，请与印刷厂联系调换。电话：0635-6173567。

《"一带一路"人物传奇》总序

周莲珊

"一带一路",指的是"丝绸之路经济带"和"21世纪海上丝绸之路"。2013年9月和10月,中共中央总书记、国家主席习近平在出访中亚和东南亚国家期间,先后提出共建"丝绸之路经济带"和"21世纪海上丝绸之路"的合作倡议,得到国际社会高度关注。

习近平同志"一带一路"倡议,旨在借用古代丝绸之路的历史符号,积极发展与沿线国家的伙伴关系,促进包括欧亚大陆在内的世界各国共同发展,构建一个互惠互利的利益、命运和责任共同体。

加强合作,建设更加美好的未来,意味着我们不仅要开拓思路,积极顺应世界发展的潮流,更应该向历史学习,吸收其中的营养,汲取经验和力量,为未来的发展注入新鲜活力。

2013年以来,中国图书市场上关于"一带一路"的图书选题就已层出不穷,总体看下来,大多都是学术研究型、理论型和史料型的图书。经过对图书市场关于"一带一路"选题持续一年多的调查分析,我们深深感到,有必要为我们的普通读者,尤其是广大的青少年读者，以及数百万的中小学老师和家长，策划、出版一套表现中华民族开拓"丝绸之路"这个伟大主题的、用文学的形式来诠释"一带一路"倡议思想精华的图书。

我们将目光聚焦在长篇小说这一领域。小说属于文学创作，可以把历史梳理得更透彻，把历史人物写得更生动，把历史故事讲述得更动听，把中国文学的语言美发挥得更淋漓尽致。这样，创作出来的作品，会更利于读者接受和理解，更利于我们传播"一带一路"倡议，激发读者更多的自豪感！我们的思路是这样的：以史为基，又不囿于历史，在史实的基础上，进行适度的文学创作，用优美的文字，结合环环相扣的动人的故事情节，塑造栩栩如生的人物形象，将在丝绸之路上做出过杰出贡献的人物，用长篇小说的形式表现出来，既普及相关历史知识，又增强可读性，给读者以文学的滋养。

思路清晰之后，经过与出版社的沟通，首先，我们从"陆上丝绸之路"和"海上丝绸之路"的相关历史人物中挖掘、筛选，确定了十位代表人物；其次，我们围绕着这十位代表人物，放眼国内作家，确定了十位中青年作家执笔，共同创作这套系列丛书。

我们这套书的写作，约请的都是活跃在当代中国文坛的中青年作家——

《西域使者》分册，由辽宁省文化艺术研究院作家编剧李铭执笔。他的多部小说作品获辽宁省文学奖、《鸭绿江》年度小说奖等。

《羊皮手记》分册，由"90后"作家范墩子执笔。他是陕西文学院签约作家，鲁迅文学院第32届作家高级研修班、西北大学作家班学员。

《智取真经》分册，由本名金波的若金之波执笔。他2014年起转型从事儿童文学创作，《妈妈的眼泪像河流》等四部图书获2009年度冰心儿童图书奖。

《妙笔丹青》分册，由辽宁省作家协会第十届签约作家叶雪松执笔。他是鲁迅文学院第二十届少数民族作家班学员。

《丝路女神》分册，由福建省作家协会会员慕榕执笔。他是中国寓言文学研究会会员，现供职于福建少年儿童出版社。

《丝路奇侠》作者周莲珊，儿童文学作家，图书策划人。多部作品获冰心儿童文学奖、"中日友好儿童文学奖"一等奖等。策划的图书曾荣获冰心图书奖和2012年辽宁省"五个一"工程奖等。

《楼兰楼兰》分册，由军旅作家张曙光执笔。他现任职于武警总部政治工作部《人民武警报》社。

《跨海巡洋》分册，由全国十佳教师作家陈华清执笔。她是广东省作家协会会员，中国散文学会会员，湛江市作家协会副主席。

《圣殿之路》分册，由中国作家协会会员赵华执笔。他是中国科普作家协会会员，鲁迅文学院第六届高研班学员。曾获全国优秀儿童文学奖、华语科幻星云奖、冰心儿童新作奖等多个奖项。

《盛唐诗仙》分册，由蒙古族儿童文学作家贾月珍执笔。她是鲁迅文学院第12期少数民族作家班学员，曾获第十一届索龙嘎文学奖（内蒙古自治区最高文学奖）。

确定了人物，找好了作者，要写好这个系列的书稿，创作难度依然非常之大。每一本书，每一个人物，每一个章节，每一个故事……主编、作者、编辑，来来回回，反反复复，推敲，修改，研磨，追寻创作素材，深挖历史人物背后的故事。过程中的艰辛，历历在目。

　　终于，丛书成稿。

　　无论主编、作者还是编者，我们共同的目标，就是给读者以更丰富的精神食粮，让读者通过生动优美的文字、扣人心弦的故事、启迪人心的人物，获得全新的视角，得到更加丰富的阅读体验，进而增强民族自豪感，以更饱满的热情进行我们的国家建设。

　　在创作过程中，每位作者都研究、阅读了大量国际、国内有关历史研究，并参考了海量的相关图书和资料。但百密一疏，即使这样，书中难免出现这样或者那样的不足或错误，恳请读者在阅读过程中，发现错误，批评指正。

　　主编：周莲珊，儿童文学作家，儿童图书策划人。多部作品获冰心儿童文学奖、"中日友好儿童文学奖"一等奖。策划、主编的图书曾荣获冰心图书奖和2012年辽宁省"五个一"工程奖等。出版长篇小说三十多部，童话集、儿童绘本、长篇励志版名人传记等多部。

目 录

- 第一章　稚子纯心 ≈ 001
- 第二章　法名玄奘 ≈ 016
- 第三章　矢志西行 ≈ 028
- 第四章　其修远兮 ≈ 044
- 第五章　老马识途 ≈ 060
- 第六章　老骥伏枥 ≈ 075

- 第七章　　磐陀起意 ≈ 092

- 第八章　　蜃楼幻影 ≈ 112

- 第九章　　野马之泉 ≈ 130

- 第十章　　莫贺延碛 ≈ 146

- 第十一章　高昌绝食 ≈ 162

- 第十二章　亡命凌山 ≈ 180

- 第十三章　终至圣土 ≈ 195

第一章

稚子纯心

夕阳西斜，炊烟渐起。像往日一样，古朴整洁的陈村，再一次氤氲在金色的夕阳中，显得愈发静谧安详，就像是传说中的世外桃源。

夜色渐浓，村子旁的嵩山显现出黑黢黢的剪影，仿佛一个硕大无朋的巨人立于天地之间。

在峻峭奇险的嵩山上空，万千个晶亮如水的星子，再一次开始炫彩凝辉。昼伏夜出、冬去春来，它们不知在天穹之上现身了多少次。眼下是隋文帝开皇二十年，也就是后人所称的公元600年。

陈村里的人家大都熄了蜡烛进入梦乡，但陈惠的家中却灯火通明，忙作一团。

前不久，饱读诗书、温文尔雅的陈惠被推举到江陵县担任县令，而他的夫人宋氏恰好到了产期。中午时分，宋氏吃了碗鸡蛋羹后就突然感到肚子疼。陈惠不在家中，管家慌忙请来接生婆为宋氏接生。

宋氏今年已经四十四岁，用今天的话说是不折不扣的高龄产妇了。宋氏在此之前已育有三男一女，老大不幸夭折；老二陈素生性恬静，在附近的洛阳净土寺出家为僧；老三方值总角之年；老四则是个年仅八岁的小丫头。

接生婆经验丰富，包括陈村在内，十里八乡的婴儿大都是由她接生的，但面对宋氏这样的高龄产妇，她还是出了一头冷汗。

正如接生婆所料，宋氏难产，像她这样的高龄产妇十有八九都会遇到这种情形。尽管接生婆使出了浑身解数，但从午时到次日寅时，宋氏仍未能产下婴儿来。

经过近一天一夜的折腾，宋氏已经气力全无，虚弱不堪，眼见卯时已近，如果再拖延下去的话，恐怕宋氏和腹中的胎儿都会有危险。接生婆擦去满头大汗，想了想叫人端来一碗温面汤，用汤匙送至宋氏口中，为她补充体力。

接生婆的这一绝招果然奏效，寅时将尽之际，随着一声清亮的啼哭，宋氏终于产下了一名男婴。而此时，由于疲劳过度，宋氏竟然昏厥了过去。

宋氏昏睡了很久，就在这浑噩的状态里，她居然做了一个离奇的梦。满天星斗辉映的黑夜里，一匹如龙如狮、神骏无比的白马飘然而至。白马之上是一位身披斗篷、清朗俊逸的少年。少年来到宋氏跟前，谦恭有礼地望着她。少年的双眼如星似玉，清澈灵透，不知何故，宋氏打量着他，竟有一种似曾相识的感觉。宋氏刚想打听少年的姓名，他竟然勒紧缰绳，策马向西奔去。少年一边西行，一边还恋恋不舍地向宋氏挥手道别。"你要去往何处呀？"宋氏大声地问道。少年回答了句什么，但宋氏没有听清。眼见少年与白马就要消失在西方的苍茫夜色中，宋氏紧追几步呼喊道："路上当心！你打算去哪里？"

在梦中的竭力呼喊居然让宋氏醒了过来。望着身边湿漉漉的男婴，她不禁喜极而泣。

男婴的双眸清澈纯净，黑亮动人，人人都夸赞他将来一定是位聪慧过人、颜如舜华的男子，而且一定会卓绝不凡、大有成就。

得此秀目闪闪的孩子，陈惠格外高兴。他再三斟酌，为其取名为"祎"，寓意"奇"和"美"。

白驹过隙，小陈祎转眼就到了垂髫之年。正如乡邻们当年所言，他天性聪颖，极有悟性。别的孩子喜欢在田间地头嬉戏玩耍，他却喜欢待在家中读父亲的藏书。遇到不认识的字词和不懂的意思时，陈祎总是缠着父亲问个不停。

见儿子如此好学，陈惠自然不遗余力地教他。就这样，陈祎早早就成为闻名乡里的小才子了。

后来，父亲又开始教陈祎读《孝经》。有一天，父亲陈惠为他讲述《曾子避席》的故事："曾子是孔子的弟子之一，有一日孔子问坐在身旁的曾子：'以前的圣贤君王，有至高无上的道德和精要奥妙的理论，用它们来治理天下，君臣之间就没有隔阂，百姓之间也会和睦相处，你知道它们是什么吗？'曾子明白老师孔子要指点他，立即从席子上站起来，走到席子外面垂手而立，恭恭敬敬地说：'我的学识太浅，请老师告诉我这些道理。'避席体现了曾子对老师孔子的尊重和对学习道理的尊重。"

听完这个故事后，年幼的陈祎突然整衣起立。

"我儿何故起立？"陈惠不解地问道。

陈祎回答说："曾子是圣贤，圣贤闻师命而避席，孩儿今蒙慈训，怎么能坐着不动呢？"

陈惠满面惊喜。他知道自己的这个孩子将来定是可造之材。

除了勤勉好学、悟性奇佳外，在父亲陈惠和母亲宋氏的耳濡目染下，陈祎自幼就有一颗怜贫惜孤、悲天悯人之心。

陈惠在江陵当县令，每年有一百石的俸禄，足够全家人生活所用，因而他将自己在陈村的数顷土地分给村里的鳏寡孤独耕种，既不收地租，也不要粮食。村里有人家遭灾遇祸、罹患疾病时，他和夫人宋氏也总是慷慨相助，赈施贫穷。

念及陈惠和宋氏的仁慈好施，有一次，曾受过他们帮助的乡邻们相约，带上新打的粮食和新织的布匹，一同来到陈惠家中，执意要归还他们当初借的钱粮。

陈惠在江陵公干，家中事务由宋氏料理。听闻屋外喧哗，得到管家的通报后，宋氏匆匆走出大门，蕙质兰心的她坚持不收这些钱粮布匹。她情真意切地说道:"父老乡亲们,不是已经告诉过你们吗?借给你们的田地不必缴租,借给你们的钱物也不必归还,只要陈家仓里还有粮食,柜里还有银钱,就一定会接济你们。"

宋氏的仁慈慷慨令乡邻们愈发动容,一位年届古稀的老伯走上前眼含热泪,说:"三年前闹旱灾,家里青黄不接,亏得从府上借得几石粮食,全家人才没有流徙乞讨,眼下收成好了,焉有不还之理?"

另一位年轻后生也红着眼睛说道:"去年俺娘生病,眼见命悬一线,若不是从夫人这里借得银子,恐怕今日俺娘已经不在人世了。俺娘说夫人是菩萨在世,叮嘱我一定要归还银钱。俺娘还让我拎来两只老母鸡给夫人您滋补身体。"

"是啊,哪有借钱不还的道理?夫人您如果不收下的话,我们良心不安、夜不能寐啊!"

"夫人,您就收下吧,俗话说得好,好借好还,再借不难。"

"……"

见众位乡邻们不肯离去,宋氏只好让管家将存放借据的木盒取来,说:"诸位乡亲,当初我们不要借据,但你们执意要留下借据才肯取走钱粮。比起我来,你们的日子仍很艰辛,家家都要携小顾老,因此,休要再提归还的事了。为了彻底断绝你们的挂念,我特地将这些借据取来,眼下我念谁的名字,谁就将自己的借据取走,没了凭证,你们自然也就不欠我什么了。"

于是管家每取出一张借据,宋氏便高声念一个名字。

"樊汉公。"

"李道传。"

"陈介。"

"陈元发。"

"钱周材。"

"……"

宋氏一连念了十几个名字,可是没有一个人上前来取走借据,她一时间不知如何是好。

这时候,正在背诵四书五经的陈祎,听闻动静走出屋来,外面发生的事情他已略知一二。陈祎望了一眼屋内的烛台,悄声对母亲说:"我们可以将借据烧了呀!"

关键时刻得到儿子的提醒,宋氏犹如醍醐灌顶,马上将那些借据付之一炬。

"夫人,您是活菩萨啊!"

"是啊!您是观世音菩萨在世啊!"

"陈村有您和大人真是吾等之大幸啊!"

乡邻们感激涕零。除了赞颂宋氏的仁德外,回到家中后,他们还喋喋不休地向各自的家人讲述陈祎的赤子之心。

"陈家公子年纪虽幼,却同他的父母一样心地善良呀!"

"他虽幼小,却有一颗扶弱济贫的心啊!"

"真是罗汉转世啊!他让自己的母亲将所有的借据都烧掉,

一个五岁的孩子就知道穷人家的艰辛与不易,他将来定是位大仁大智的人。"

年幼的陈祎对母亲宋氏也格外孝顺。有一次,附近的嵩山寺新建了一座佛塔,以便收藏供奉皇上赐予的一颗珍贵的佛祖舍利。迎接舍利这一天,方圆百里的百姓悉数赶来,争相目睹这一佛教盛事。宋氏也带着三个孩子前去观看。

奉送舍利的队伍很长,一眼望不到头。容仪整肃的僧人们围绕着存放舍利的佛塔诵经祈福,希冀佛光普照世间,天下和平安康,百姓都能离苦得乐。

盛大的仪式和高僧的宣讲感化了现场的许多人,他们有的捐赠财物,有的毁掉狩猎的刀弓,有的行礼忏悔,都希望借此机会为自己和家人祈求健康平安。

舍利入塔仪式结束后,深受感动的人们相继散去。此时已近黄昏,宋氏发现三个孩子中唯独陈祎不见了踪影。宋氏和丫鬟、管家在嵩山寺周围四下寻找,可始终没有找到。宋氏心急如焚,她担心因为人太多,陈祎跟错人走错了路,流落到异乡陌里。管家安慰她说:"公子聪慧伶俐,怎么会不识得归家的路呢?眼下天色已黑,夫人还是先回家中再做计议。"

宋氏无奈点了点头,忐忑难安、忧心忡忡地回到了家中,寻遍正屋、偏房,都不见陈祎的踪影。宋氏又来到屋后的园子里,眼前的情形令她大吃一惊,沉沉的暮色中,陈祎正学着白天高僧的坐姿盘腿于地,双手合十。他紧闭双眼,口中念念有词地诵着什么，在他的面前还有一个用土堆起的小小佛塔，佛塔下面摆着几只刚刚采摘来的野果。陈祎是如此专心致志，以至于对母亲的到来毫无察觉。

宋氏轻轻走过去，将手放在陈祎的肩头问道："孩儿，你几时回来的？你在此做什么？"

陈祎没有料到母亲会找来。他匆匆站起身，有些难为情地说："今天我听闻高僧说入座诵经可获加持，能令全家人脱离灾病，享吉祥平安。娘，您身虚体弱，我希望您六脉调和，福寿康宁。"

宋氏瞬间泪如泉涌。她将陈祎搂在怀中，心绪久久不能平静。

世间的事情往往难遂人愿，就在陈祎像模像样地为母亲祈福后不久，母亲便一病不起了。夫君陈惠远离家乡公务繁忙，家中的事务无论巨细都要由宋氏来打理，况且她还要照顾几个童龀之年的孩子。经年累月下来，忧心劳力的宋氏终于卧于病榻了。入冬之后，天气寒肃，宋氏的气血愈发亏虚，几乎无法再下床了。更为严重的是，她渐渐吃不下饭。

目睹母亲的苦痛，陈祎一趟趟地跑到附近的寺庙中，仔细聆听僧人们诵读的那些经文，并认认真真地背下好几段，像上次一样在自家后院打坐吟诵，希望母亲能够蒙受佑助，转危为安。

尽管如此，宋氏的身体还是每况愈下。在一个白雪飘零的冬日，自知时日不多的宋氏将三个孩子唤到床前，依次握住他们的手。最后，宋氏的手掌久久地握住了陈祎的小手。她有气无力地说："祎儿，你不是会读佛经吗？给娘读一段听吧。"

陈祎懂事地点点头，坐在床边双手合十，一字一句地背诵起自己偷学来的佛经片段，"舍利弗，彼土何故名为极乐？其国众生，无有众苦，但受诸乐，故名极乐……"

陈祎稚生稚气的诵读令母亲原本晦暗的脸上竟然也有了些许光泽。宋氏仿佛真的看到了那个没有病痛、没有别离的极乐世界。她万般留恋地看着陈祎，诵读佛经的他清秀俊美，真像是一尊小小的佛。

情不自禁地，宋氏气若游丝地说："祎儿……娘在生你的时候曾经做过一个梦……有一位面带光芒的少年骑着一匹白马向西而去……他真像是长大后的你呢……娘多么希望能够看着你长大……娘多么希望能瞧见你长大后的模样……恐怕娘没这个福分了……"

陈祎用双手握住母亲的手掌，泪眼婆娑地说："娘，佛陀会保佑您好起来的。您做了那么多善事，佛陀全都看在眼里。"

宋氏没有回应陈祎，而是望着他，艰难地笑了一下，笑容很短暂却饱含着欣慰与希冀。像是自言自语，又像是在说给某个看不见的神明听，宋氏竭尽全力地说道："愿佛陀保佑我祎儿一生无恙……"

陈祎还未来得及抬头，身旁的郎中突然惊呼起来，他看到宋氏的眼眸已经在瞬间由棕黑色变成了沼泽一般的铅灰色。在祈愿间，她已经仙逝了。

"娘！娘！"

"娘，您不能走啊！"

陈祎和哥哥姐姐哭成一片。他一直紧捏着母亲的手不放，似乎这么做能够将她从另一个世界中拉回来。

几天之后，母亲被安葬在了嵩山脚下。前来送葬的人渐渐离去后，眼睛红肿的陈祎仍跪在坟前不肯回家。望着那新筑起的坟头，他再一次泪如雨下。他难以相信慈爱的母亲竟然躺在了荒凉漆黑的坟冢里，也难以相信敦厚善良的母亲已经真的撒手人寰，从此再也无法相见。没有了母亲，整个世界仿佛都变得空空荡荡，再无意义。

此后，一次又一次地，陈祎独自来到母亲的坟前，念诵自己新学来的经文，希望能为母亲超度亡灵，助她进入没有病痛的西方极乐世界。

母亲离世，父亲又远在江陵公干，家中一下变得冷冷清清，往日的温暖与欢欣不复存在。然而这一切只是厄运的开始，陈祎无法料到，更多的人生劫难将接踵而至。

隋文帝杨坚驾崩后，隋炀帝杨广继位。新帝登基后，大举新政，以张威仪。杨广先是征丁两千万在洛阳营建新都，接着又大兴土木修建显仁宫和西苑。据说西苑内挖有十里之阔的水池以模拟大海，水池之中又筑有蓬莱、方丈、瀛洲三座假山模拟传说中的仙山。假山之上,更是楼台峥嵘,堂殿威仪,杨广时常在这里月游夜宴,通宵作乐。

除此之外,隋炀帝杨广又下令开挖通济渠,供他乘两百丈长的龙舟巡游四方。通济渠宽四十步,沿岸还要种植柳树,修筑行宫,如此浩大的工程又得征集大量的役丁。一时间民怨沸腾,愁雾弥漫。而由于工期过紧,督役严急,在修筑宫苑、挖凿大渠的过程中,被活活累死的役丁不计其数。

尽管如此,为了早日完成工程,隋炀帝杨广仍下令各个州县继续征调役丁。征调足量役丁的任务就落在了各个县令的身上。

陈惠身为江陵县令自然也得奉旨征丁,可他生性耿直,内心仁慈,实在难以完成这项棘手的任务。他深知过度征丁带给百姓的疾苦,那些壮劳力被征走后,能否活着回来尚且难知,他们的父母、妻儿更是要落入衣食无靠的境地。陈惠亲眼瞧见一个个年逾古稀的老人和身背婴儿的妇女,为了生计在田间地头推车挑担,挥锄苦耕。

百姓本就疾苦,为了应付征丁,连一些十四五岁的少年也被抽去修屋凿渠,再如此下去的话,他们的生活会更加没有着落。陈惠是饱读诗书之人,他不会像别的县令一样只顾保全官位,不顾百姓死活。

"仁人之所以为事者,必兴天下之利,除去天下之害。""仁者如射。射者正己而后发。"这些先哲的圣言,反复在他的头脑中回响。最终，既不想伤害民生又不能违抗上意的他，在经过几昼夜的权衡思索后，做出了一个惊世骇俗的决定：辞官归隐，甘为一介布衣。

举目朝野，主动辞去县令之职的人，当今恐怕只有陈惠一人，但这是他出自内心意愿的决定，他不想趋炎附势，置民生疾苦于不顾。

解甲归田之后，没有了朝廷所发的俸禄，陈家的生活水准一落千丈，但有聪慧好学的陈袆和另外两个孩子在身旁，陈惠总算得到些许安慰。不任江陵县令后，陈惠的空闲时间也多了起来，他开始教授陈袆研读更多的诗书经典。

不过，虽然不必再在官场之中虚与委蛇，陈惠仍然时刻关注着这个危机重重的国家的动态。令他万分震惊的是，隋炀帝不顾民困人乏，又要开挖工程更为浩大的永济渠，同时还要征丁二十万在北边修筑长城。

"君为山，民为泽，损泽以显山，危莫大焉。""民伤则离散"，难道新帝丝毫也不知晓这些道理吗？

生活艰辛，加之忧国忧民，原本身体康健的陈惠竟然也积劳成疾。在隋炀帝大业五年，也就是陈袆十岁的那一年，陈惠饮茶读书时，突然猝死在书桌上。

母亲和父亲先后辞世，陈袆成了无依无靠的孤儿。长兄为父，家中出现如此重大的变故，在洛阳净土寺为僧的陈素责无旁贷地要担负起安排兄弟姊妹生活的重任。小妹快到出嫁的年龄了，三弟被征至军队，最让陈素忧心的就是年仅十岁的陈祎。

安葬完父亲陈惠后，法号长捷的陈素同年幼的陈祎促膝长谈。陈祎红肿着眼睛，啜泣着问："娘和爹都是热心助人的好人，娘从来不让穷苦人家还钱，爹也为了不让百姓家破人亡而辞去官职，可是，为什么他们都患上疾病离开人世了呢？"

陈素叹了口气回答："佛曰人有八苦：生、老、病、死、怨憎会、爱别离、求不得、五蕴炽盛。病之苦和死之苦正是人世间的苦痛啊！"

"如何才能摆脱这些苦痛呢？"陈祎认认真真地问。

陈素难以置信地望着这个稚气未脱的弟弟，感慨他小小年纪居然能问出这样的问题来。他略做思忖，认认真真地答道："要离苦得乐，有一方便之法，那就是去除贪嗔痴，潜心修行佛法，得佛力加持。"

陈祎似懂非懂地点了点头。陈素接着问道："父母都已经往生，接下来你作何打算呢？"

陈祎抬起头，朝窗户所在的方向望去，远处矗立着崖谷险峻的重山，父母的坟茔就在山脚下。他语气坚定地对哥哥说："我想同你到洛阳的净土寺修行。"

陈素再次大吃一惊，他万万没有料到弟弟会有这样的念头。他连忙说："寺庙里可不像家里，寺庙里有许多清规戒律，整日吃的也是粗茶淡饭，正所谓是青灯孤影、晨钟暮鼓，这样的生活可不是人人都能忍受的。"

陈祎毫不犹豫地说:"我在家也很少吃肉,粗茶淡饭对我来说根本算不了什么。另外,整日敲击木鱼诵读佛经我也不怕,我还会背诵好些佛经呢!"

听弟弟这么说,陈素颇感意外,他将信将疑地问道:"你会背经?"

陈祎点了点头,为了让哥哥相信,他一字一句地背诵起来,"南无阿弥多婆夜。哆他伽多夜。哆地夜他。阿弥利都婆毗。阿弥利哆。悉耽婆毗,阿弥利哆。毗迦兰帝……"

陈素忍不住打断了弟弟,他的惊讶溢于言表,"这是《往生咒》,你会背《往生咒》?"

"我是偷偷跟着寺庙里的僧人学的。他们在大殿里念的时候,我就在外面跟着学,听说《往生咒》能够超度亡灵,令他们往生西方极乐净土,我想让娘的在天之灵免遭轮回之苦,带业往生净土。"陈祎如实回答。

见哥哥沉吟不语,陈祎连忙又说道:"我还会背诵《佛说父母恩重难报经》。'母胎怀子,凡经十月,其为辛苦。在母胎时,第一月中,如草上珠,朝不保暮,晨聚将来,午消散去……'"

陈素的眼睛竟有些湿润。他望望屋顶,仿佛在望着云端之上的佛陀,又望望一脸郑重的陈祎,说:"或许你真的注定与佛门有缘呢!你若真的有此慧根,能够皈依佛门,静心修行,也未尝不是件好事,况且我们还可以彼此照应着,也会让爹娘感到宽慰的。"

陈袆开心地点了点头，而后双手合十轻轻地诵了一声，"阿弥陀佛！"

就在这个星子闪耀的夜里，无论是陈素还是陈袆都没有想到，他们的这一决定，将成就一段足以彪炳千古的生死之旅，成就一段佛教传播史和中西方文化交流史上的不朽传奇。

第二章

法名玄奘

正如哥哥陈素所言,寺庙里的生活既单调又清苦。刚到净土寺时,陈祎还不是正式的僧人。隋朝有着严格的僧籍管理制度,每座寺庙里配备几名僧人都有具体的指标,只有取得官方的指标、通过统一的考试后,方可剃度,成为国家认可的僧人。在当时,私自剃度不仅不受承认,还会因为违反僧籍管理律令而受到严罚。

立志修行、初到寺院的人通常被称为行者,而尚未成年的行者则被称作"童子",陈祎的身份就是童子。此时他尚没有学习经文的资格,每天的主要任务就是打扫寺院殿堂,为师傅们端茶倒水,整理内务。除此之外,陈祎还要担任抄经生,抄写经书。中国的雕版印刷术起源于唐朝,陈祎所在的时代还未出现这一技术,因而,所有的经书都要靠人来誊写才能推广普及。

第二章　法名玄奘

对一般十来岁的孩子来说，这样的生活可能枯燥无味，难以忍受，但陈祎却毫不计较。他忙里忙外，格外勤快，无论是庄严的佛殿，还是长老的寝室，都打扫得干干净净，为他们端茶倒水也格外恭敬。在抄写经书时，陈祎更是心无旁骛，想起当初偷学诵经时的不易，他格外珍惜眼下的机会。他渴望了解更多的佛经典籍，渴望洞晓佛法的奥妙，它们为什么能够"渡"人？为什么能叫人离苦得乐？普通人也能够像释迦牟尼一样成佛吗？

怀着这些疑问，陈祎将每一本经书都抄写得清秀隽永、工工整整，即便是那些已经成年的行者也比不上他。

少年人生性好动，净土寺里的其他童子和沙弥宁愿干些挑水劈柴、洒扫庭除的体力活，也不愿意长时间坐在屋里抄经。但对陈祎而言，抄经既是在学习，又是在修行。佛法浩如烟海，此时的陈祎并没有望而生畏，相反，他像一条自江河而来的小鱼，尽情地在这充满奥义与妙物的海洋里游弋。

研习佛学最重要的就是禅定心静，能耐得住寂寞，能坐得住冷板凳。陈祎自幼受父亲的影响，对文字多有喜好，又生来细腻恬静，不喜欢躁动，加之怀有为父母超度祈福的夙愿，于是，他潜心地沉浸在了佛教典籍的世界中。

无数个寂静的夜晚，星子在苍穹中凝金焕彩，小虫在草丛中啾啾轻鸣，陈祎不知疲倦地抄写着经文。那些经句，有的尚浅显易懂，但大部分都深奥难悟。陈祎努力地品悟着它们，就像在细品一盏底蕴极深的秋茗。很多时候，在凝神恍惚之际，陈祎仿佛回到了过去，一脸稚气的他眨巴着亮晶晶的眼睛，听母亲宋氏讲牛郎织女的故事，听父亲讲曾子、老子、墨子这些先哲的故事。偶有蠓虫飞过，陈祎回到了现实当中。推开窗户，遥望浩瀚星河，他更感到了时光的苍茫无穷和世界的浩瀚无际。大千世界，生命渺若微尘，佛法真的有驱雷掣电的力量，能够叫苍苍烝民脱离八苦，乐业安居吗？它如果真有此力量，就需要有人来弘法扬善，建立荡荡之勋。思索之际，又一行清峻灵动的小楷跃然纸上。

陈祎的用心和精诚自然引起了净土寺大僧们的注意。净土寺上座海玉长老轻抚着陈祎用心誊写的经书，轻捻长须不住地点头。

海玉长老差人将陈祎唤来，仔细打量了他一番，问道："在所有抄经生抄写的经书中，唯有你的笔记最为工整、用心，最为虔诚，你能告诉老衲个中缘由吗？你不感到疲乏厌倦吗？"

陈祎认认真真地回答："长老，我抄写经书时并未感到厌倦，我只感到喜悦。"

"你感到喜悦？"海玉长老的双眸变得炯炯有神。他再次打量面前的这个容貌俊朗的童子，不敢相信他能有如此感受。

"是的，长老，抄写佛经的时候，我仿佛又同我的父母在一起，它仿佛能带我超越生死，跨过时空。我的心里很安静，也很富足，就像看见遍地的莲花。"陈祎言辞诚恳地答道。

第二章 法名玄奘

"你的父母……"海玉长老似乎猜到了什么。

"我的父母已经往生。"陈祎眼中噙着泪水，将父母的乐善好施以及自己的身世向长老讲述了一遍。

得知陈祎眼下已是一名孤儿后，海玉长老愈发怜惜地望着他，轻轻诵了一声"阿弥陀佛"。

几日后，海玉长老吩咐看管藏经阁的僧人取来一本《妙法莲华经》，亲自将它赠予陈祎。海玉长老手捧经书慈祥地对陈祎说道："这部《妙法莲华经》乃大乘佛法之经典，它能让业障消融，让智慧生根，亦能救众生出苦海，叫人人成为佛。此经最适合天生慧根之人，希望你朝夕诵读，昼夜领悟。这部经书送给你，如遇困惑之处，可来向老衲讨教。"

陈祎喜出望外，连忙行礼答谢。

在慧眼独具的海玉长老的关照下，陈祎的杂役减少了许多，这使得他有足够的时间来诵读经典或者抄写经文。每个清晨和黄昏，净土寺里的僧人和童子们都能够听见陈祎稚声稚气的诵读声："我念过去数。为求大法顾。虽作世国王。不贪五裕乐。捶钟告四方。谁有大法者。若为我解说。身当为奴仆……"

陈祎一笔一画地将这部洋洋十万言的《妙法莲华经》抄写了一遍，如获至宝般地诵读它，遇到不懂的地方，就向长老和其他大僧请教。半年下来，他竟然能够流畅地背诵其中的一大半。陈祎在净土寺中也成了尽人皆知的童子，按照原来的规矩，陈祎这样的年轻童子是没有资格同正式僧人一同在经堂里学习经文的，但眼下海玉长老专门为他破了例。

冬去春来，斗转星移，转眼三年时光匆匆过去。在这三年里，隋王朝发生了许多事情。原本臣服于隋的高句丽联合陈、突厥等部族不断侵扰隋王朝边境，向隋王朝发出挑衅。

心高气傲的隋炀帝杨广决定征伐高句丽。为了准备远征，杨广下令在东莱海口建造战船三百艘。由于要赶在天气变冷之前征讨高句丽，工匠们几乎昼夜泡在海水之中赶工期，有的人皮肤溃烂，长出了蛆虫，有的人甚至连骨头都露了出来。战船造完之时，竟有三分之一的工匠丢掉了性命。

隋朝大军总计一百一十三万，由水陆突袭平壤，但因为风急浪大，加之后勤保障不力和指挥失误，这次远征竟以隋军大败而告终。渡过辽河的五十万隋兵几乎全军覆没，只幸存了两千七百人。

火上浇油的是，为了保障远征军队的供给，隋炀帝征发沿途的百姓往前线运送粮草。由于路途险阻，这些粮草还不够负责运送的民夫和他们所赶的牛马驴骡自己食用。按照律令，不能将粮草运至兵营都要被治重罪。运粮是一死，不运也是一死，既然横竖是死，这些走投无路的百姓干脆揭竿而起，王薄、高士达、窦建德等人各自起兵，得到了诸多穷苦百姓的响应，令隋王朝焦头烂额。

更让隋炀帝杨广没有想到的是，他素来信赖的重臣杨素的儿子杨玄感竟然也伺机谋反，领兵进围洛阳。

第二章　法名玄奘

内外交困的隋炀帝杨广为了增加福报，转化厄运，决定增加僧人编制，在洛阳剃度十四名僧人。净土寺恰在洛阳，对行者和像陈祎这样的童子来说，这可是一个千载难逢的机会。假如能够通过剃度考试的话，他们就能够成为为国家认可的正式僧人，在寺庙中衣食无忧无虑，安心修行。要知道，在隋朝僧人的数量是受到严格控制的，能够正式剃度的僧人极其有限。

除了净土寺，洛阳还有其他寺庙，因而分配到净土寺的剃度名额只有两个，净土寺中的行者、童子有几十人，他们无不渴望着这个梦寐以求的机会。

没几日，剃度僧人的布告就张贴在了净土寺的墙上：

"洛京拟于夏月度二七僧，凡追仰如来、皈依八正、德业可称、年满弱冠者均可报名。"

看到正式的布告后，许多年纪稍长的行者都显得兴高采烈，但陈祎这样年龄稍小的童子却一个个郁郁寡欢。原来这次剃度对年龄有严格的要求，只有年满二十的僧人，才有资格报名参加考试，而陈祎眼下只有十三岁，显然他不符合选拔的要求。

陈祎多么渴望自己能够报名参加考试，成为一名被国家认可的僧人啊。这三年来，通过刻苦钻研和朝夕诵读，他已经对佛学有了比较深入的了解，他感觉到了佛学的宁静与安详。佛学能引人向善，能救人助人，也能让人在苦难与痛苦中得到信念与救赎。陈祎希望自己能继续在温和明净的佛学海洋里遨游探寻，有朝一日凭借自己的学识，让更多的人离苦得乐！

陈祎向海玉长老倾诉了自己的心愿。他问长老："长老，剃度考试为什么一定要年满弱冠呢？"

"现在是多事之秋，兵连祸结，徭役繁重，想到佛门里躲避灾祸、求得安稳的人实在太多，因此朝廷才对年龄设了限制。"长老叹了口气答道。

外面的事情陈祎也听说了一些，但他还是心有不甘地说道："皈依三宝，要看是否有虔诚之心，能否妙悟佛法，要看是否朝夕诵读，昼夜琢磨。佛曰众生平等，研习佛法，更应是件平等的事情，不应该以年龄为限，未及弱冠的人未必就不能有所造诣，年满弱冠的人也未必就能大有建树。"

海玉长老点了点头。陈祎的这番话无懈可击，而且他也早就看出在净土寺所有行者和童子中，唯有陈祎的资质最佳，悟性最高，意志最坚。陈祎年龄虽小，却是百里挑一的研学佛法的好苗子。

能弘扬佛法是件有功德事；能慧眼识人，发现可造之材，以便将佛法发扬光大，更是功德无量。海玉长老经过慎重考虑，决定推荐两人参加剃度考试，其中的一人就是年方十三的陈祎。担心陈祎会因为年龄的原因被拒绝参考，海玉长老语重心长地写了一封推荐信："本寺沙弥陈祎，少而聪敏，心地清淳，意气平和，行为笃谨，专心经典，观必雅正之籍，习必圣哲之风。自入空门，诵经习法，业精于勤，刨根问底，锲而不舍，才情异伦，堪为法子，特举荐之。如蒙破例剃度，或为法门之幸也。"

海玉长老的举荐信让陈祎的心中燃起了一丝希望。然而事与愿违，尽管有德高望重的海玉长老的推荐信，主持此次剃度考试的考官——大理寺卿郑善果仍旧拒绝不足年龄的陈祎参加考试。

这样的结果自然令笃实好学的陈祎感到闷闷不乐。见此情形，哥哥陈素专门来安慰他。"你知道郑善果郑大人是何人吗？"陈素问道。

陈祎摇了摇头。

陈素介绍道："郑善果的父亲是周朝的大将军，后来死于疆场。郑善果九岁丧父，但他的母亲并没有因此而过度宠溺他，相反，她对他面命耳训，蒙以养正。自幼就接受严格家教的郑善果，长大为官后高悬秦镜，忠果正直，深得皇帝的赞赏。因此，但凡朝廷有重要的考试，都指派郑善果为主考官。对了，听说郑大人虽身为朝廷命官，但他对佛门也多有喜欢，他自己便是个居士。如此秉公任直的人，自然不会违背朝廷规定，对你网开一面的。"

听闻哥哥的讲述，陈祎依旧心事重重。

"你既与佛有缘，日后自然还有机会剃度的。"陈素接着安慰弟弟。

话虽如此，一心向佛的陈祎仍没有完全死心，仍心心念念着剃度考试的事情。

剃度考试几日后将在鸿胪寺举行。在陈祎的心中，那里简直是个能让人脱胎换骨的圣地。考试前夕，满腹心事的陈祎竟然无意间信步走到了鸿胪寺前。这里也是郑善果主持剃度考试期间，暂时居住办公的地方。陈祎久久地徘徊在寺院门前，仿佛这样能让他离佛门圣地更近一些。

陈祎有所不知，这几日郑善果同样寝不聊寐。他昼思夜想的，是此次剃度考试不知能否选拔出一两名资质聪慧、暮礼晨参的佛门弟子来，若能选出，那将来他们或许能成为高僧大德，光大佛门。

这日中午，陈祎正愁眉不展地游荡在鸿胪寺前时，一官轿从远处匆匆而至，轿子内正是大名鼎鼎的郑善果。

陈祎吓了一跳，急忙避让开来。但令他意想不到的是，轿子居然停了下来！

原来，隔着纱质的轿帘，郑善果看到了身着衲衣徘徊于鸿胪寺门前的陈祎。他好奇这个舞勺之年的小沙弥在此作甚，于是吩咐轿夫停了下来。

郑善果从轿中徐徐下来，仔细打量这个举止奇怪的小沙弥。当他瞧清楚小沙弥的面孔时，不禁吃了一惊。到寺院中学习经文的沙弥、童子郑善果见过很多，但眼前的这个小沙弥显得如此不同，他面如满月，眼若星辰，有一种说不出的超尘拔俗。

少年也望着他，但他显然不识得眼前的这位官人。

第二章　法名玄奘

郑善果不禁问道："你是哪家寺院的沙弥？"

陈祎行礼答道："弟子在净土寺中修行。"

"你为何在此地徘徊？"郑善果又问道。

陈祎稍有些迟疑，但还是如实答道："我想参加剃度考试。"

听陈祎这么说，郑善果想起净土寺海玉法师写信推荐一名年幼童子的事情。他一向不徇私情，莅政严明，因而拒绝了法师的请求。眼下，望着这个自称来自净土寺的沙弥，郑善果不禁猜测道：莫非小沙弥的名字就叫陈祎？

郑善果并没有道明身份，而是继续端详着陈祎。"少而聪敏，心地清纯，意气平和，行为笃谨。"想起海玉法师在书信上的褒赞之词，郑善果此刻竟有几分相信了。小沙弥清俊儒雅，双目轻灵，面庞上仿佛笼罩着一层似有似无的光华。这样的少年若不是天生的佛子，何人又是呢？

尽管如此，大中至正的郑善果仍决定谨慎行事。他又打问陈祎的家世，陈祎如实回答。当初陈祎的父亲陈惠怜惜百姓，辞官不做，朝野上下人尽皆知。听闻眼前的沙弥就是陈惠之后，郑善果对海玉大师的话不禁又信了几分。

言谈之间，郑善果情不自禁地将陈祎礼让于院里的东厢房内。听闻众人称呼，陈祎这才知道，眼前的这位威严又和善的官员，就是本次剃度考试的主考官郑大人。陈祎顿时有些拘谨。

郑善果令人为陈祎取来茶果，接着问道："你父母双亡实属不幸，但你小小年纪为何要急着出家？"

郑善果本以为陈祎会涕泗横流，说自己是因为无依无靠才想到寺庙中寻个安身立命之所的，没想到的是，陈祎突然间双手合十，目视远方，一脸庄严地答道："弟子要远绍如来，近光遗法，为此愿不惜性命，以身相许。"

远大的目标是继承释迦牟尼的佛法，个人的心愿是将佛教发扬光大！郑善果没有想到，年纪尚小的陈祎能有如此宏愿大志，立时对他刮目相看。此刻，郑善果终于意识到，海玉法师推荐这个出自名门的沙弥是有原因的。

陈祎也意识到自己要抓住眼前的机会，于是不卑不亢地说道："大人，法无二门，众生平等。既然众生平等，弟子我也应该有参加考试的机会。"

一向威仪的郑善果居然被陈祎的这番话逗乐了。他反问道："求剃度者有六七百人，朝廷批准的名额只有十四个，依你之见，不设年龄的门槛，又该如何进行选拔呢？"

陈祎认认真真地回答："剃度公告中说，业优先者先取，当然是不分年龄大小，只看谁的德业和造诣更深啊！"

"如此说来，你的德业要比那些年长的行者深厚？"郑善果问道。

"弟子只知要抱诚守真，朝参暮礼，让经文烂熟于胸，方才能有所觉悟。"陈祎答道。

剃度考试要么考沙弥能够默写多少佛经，要么考沙弥能抄写多少佛经。见陈祎信心满怀，郑善果找人取来笔墨纸砚，让他现场默写佛经典籍。

陈祎开始洋洋洒洒地默写《妙法莲华经》。看陈祎笔迹工整地写到几百颂后,郑善果已认定他是风骨难得、资质奇高,将来能够匡时济世、光大佛法的奇才了。

郑善果让陈祎先回净土寺。当天,他便力排众议,决定特批陈祎为十四名剃度僧人中的一个。他对众人说道:"此子日后定能成就大业,老夫我一向识人很准。"

第二天,陈祎便收到了印有郑善果官印的特批公函,他将在净土寺中正式受戒,由一名童子变为正式的僧人。僧人剃度之际都要有一个法号,此后便以法号相称呼。陈祎的法号是郑善果亲自给取的,叫作"玄奘"。郑善果让前去送公函的人为陈祎解释这一法号的含义:"玄者,幽远也;又玄为黑色,黑与缁同,缁流即僧也。奘者,人之大者也。玄奘者,天机幽远、众妙毕集之大人物也,法门中威仪、庄严、智慧无比之龙象也。"

"玄奘"这个法号寄托了郑善果对陈祎的热切厚望。

第三章

矢志西行

获得剃度,成为一名正式的僧人后,陈祎,也就是玄奘愈发朝乾夕惕,手不释卷。他格外珍惜这来之不易的机会,决心将自己的一切都奉献于佛学经典的钻研之中,一方面不负郑善果的殷殷厚望,另一方面要彻悟佛理,施仁布德,引领众生离苦得乐。

净土寺里有一位慧景法师,于佛学典籍多有造诣。他最擅长的是《大般涅槃经》。《大般涅槃经》是大乘佛教的经典作品,对中国佛学影响极大,它讨论了佛性的定义,讨论了佛应该具有什么样的品质,并且宣称:"一切众生,皆有佛性,人人都可以成佛。"

除了早晚的例行课诵外,年轻的玄奘几乎足不出户,倾耳注目地听慧景法师讲解《大般涅槃经》。

"我者即是如来藏义,一切众生悉有佛性,即是我义。""我

第三章　矢志西行

者即是佛义，常者是法身义，乐者是涅槃义，净者是法义。"

《大般涅槃经》是玄奘剃度为僧后学习的第一部经文，也是对他一生影响极大的经文。正是通过对《大般涅槃经》的学习领悟，玄奘深信即便是一个普通人，只要他断除诸多欲望，回归清净心性，护念一切众生，同样可以达到菩提境界，从而拥有佛性。这也坚定了玄奘悉心学习佛法，教百姓摆脱世俗苦恼，进入人生更高境界的决心。

为了彻底了解《大般涅槃经》的奥义，玄奘反复恭敬请教，慧景法师也总是不厌其烦地予以解答。他对这个天分极高又有济世之念的年轻僧人格外看重，认为他将来一定能够将佛法奥义引入一个高华深邃、灵动空明的新境界。

"玄奘，佛法讲求宽容博大，触类旁通，除了《大般涅槃经》外，你应该再学习《摄大乘论》。《摄大乘论》汇集了大乘佛教的诸多奥义，必对你大有裨益。"

"弟子愿随长老学习《摄大乘论》，以便早得佛法珠玑，早近阿耨多罗三藐三菩提。"玄奘双手合十，恭敬地说。

玄奘没想到慧景法师摆了摆手："佛有八万四千法门，佛学经典浩渺如海，老衲对《大般涅槃经》略知一二，对《摄大乘论》却只是管窥蠡测。"

"那弟子该随何人学习《摄大乘论》？"玄奘既惶惑又期待。

"有一位学识广博、悟性独具的高僧即将来洛阳讲学，所讲的正是《摄大乘论》，你可静待几日，随他学习。"

"当真如此吗?"玄奘高兴极了,甚至忘记了出家人不会打诳语,向慧景法师问出了这样没有礼貌的问题。

慧景法师并没有生气,他知晓玄奘学经心切,只是微笑着点了点头。

没过几日,慧景法师所言的那位通晓《摄大乘论》的法师果然来到了洛阳,并且很快到净土寺讲学。法师便是对《摄大乘论》通幽洞微的慧严法师。

《摄大乘论》是佛教大乘瑜伽行派的基本论书,探讨宇宙万物有本源、因果修养等,是一个完整的佛教哲学世界观体系,内容极其艰深晦涩。正因为如此,向慧严法师讨教学问、求解困惑的僧人比比皆是,但询问疑难最多、最锲而不舍、寻根究底的,恰恰是净土寺中最年轻的僧人玄奘。

玄奘不像别的僧人一样,有时碍于情面求个一知半解也就作罢。他不但在讲经坛前发问个不停,还到慧严法师的寝室中请教,有时法师为了给他讲清奥义,很晚才能休息。所幸的是,慧严法师对此并不介意。读经诵经、探究经理是份耗人心智的苦差事,少年人尤其难有耐性,但净土寺中的这个清逸俊朗的小生居然不以为苦,极深研几,着实令人意外又钦佩。慧严法师心生欢喜,于是不辞辛苦专门为玄奘开了小灶,仔细为他解释《摄大乘论》的每一品和每一颂。

慧严法师在净土寺讲完经后,又受邀来到洛阳白马寺继续讲释《摄大乘论》。白马寺距离净土寺不是很远,可能是觉得尚未完全了解《摄大乘论》的奥妙，课诵间隙玄奘又追到白马寺，继续听慧严法师讲经。

白马寺建于东汉年间，是佛教传入中国后兴建的第一座官办寺院，被称为中国佛教的祖庭。相传，汉明帝刘庄梦见一个身高六丈、头顶光环的金人自西方而来，在宫殿内飞绕。大臣们说西方的确有神明，不过他们被称之为佛。汉明帝立即派蔡音、秦景等大臣出使西域，拜求佛法。

蔡音和秦景在西域的大月氏国遇到了印度的僧人摄摩腾和竺法兰，于是恳请他们前往中国弘法讲经。两位僧人应邀来到国都洛阳，并且用一匹白马驮回了佛经和佛像。汉明帝对两位印度僧人格外礼重，下令在洛阳西雍门外为他们修建一座寺院。为了纪念白马驮经至此，这座寺院被取名为白马寺。

作为中国佛教第一古刹，白马寺自然远非其他寺庙可比，即便是同在洛阳的净土寺也无法同其比肩。

玄奘最喜欢白马寺里的藏经阁，因为这里的经书数量远远超过净土寺的藏书量。在翻阅经文的过程中，玄奘竟然发现了另一个版本的《摄大乘论》，这本书在许多内容上同慧严法师所讲的《摄大乘论》有所不同。

同一部经书怎么会有如此多的殊异之处？怎么会有两个版本呢？玄奘百思不得其解，于是专门向慧严法师请教。他将两个版本的《摄大乘论》放到面前，一脸困惑地问道："长老，这两部经书究竟哪一个是真经啊？"

慧严法师显然早就知晓《摄大乘论》有不同版本的事情。他略做思忖，回答道："两本经书都是真经。"

听闻此言，玄奘愈发不解，接着问道："佛经既然是佛陀和菩萨心口所言的真谛，每本经书上所记载的都应该是一模一样的啊！难不成佛陀和菩萨会讲出不同版本的真经来？"

玄奘一下子就抓住了问题的关键，他的思维之敏捷让慧严法师暗暗称赞。慧严法师长叹了一口气说："这都是因为译经的不同所造成的呀！佛祖和菩萨自然只会言出一种真谛，但因为译者的理解不同，学识不同，便会出现不同的版本。"

玄奘若有所悟。慧严法师接着说道："佛经大都不是直接从天竺传入的，而是借由西域各国间接传来的。天竺国的梵语本就艰深难识，西域各国更是语言殊异，由梵语译为西域的不同语言，再由西域语言译为汉语，如此辗转翻译自然难免出现多个版本，甚至出现错误和矛盾。"

玄奘想了想，说："佛陀和菩萨亲言的真谛是度人苦难的瑰宝，可谓字字珠玑，句句真言，怎么能曲解、误读它们呢？倘若在释经的过程中出现谬误纰漏，更是件大罪过。在弟子看来，最好的办法就是去除西域诸国语言的环节，将梵语佛经直接译为汉语，唯有如此，才能保证经文的真实准确，让它们散发光芒，济世救民。"

慧严法师点了点头："晋朝的鸠摩罗什大师就曾经如此直译过。大师的父亲是天竺人，而他出生在西域的龟兹国；年少时，他又随母亲在凉州求学多年，因而既懂梵语又通汉语。鸠摩罗什法师曾在长安译经十五载，译出了《大品般若经》《小品般若经》《金刚经》《阿弥陀经》等多部经书。从古至今，唯有他译出的经文流畅简洁，妙义无碍。可惜的是，鸠摩罗什法师往生之后，再也没有像他这样的兼通梵语和汉语的高僧。"

玄奘低下头思考着什么。俄顷功夫，他又仰首问道："在鸠摩罗什大师之后，难道就没有人远赴天竺求得真经，并且潜心研学梵语，将经文直译为汉语吗？"

慧严法师摇了摇头："有此念头者恐怕不止一人，但此事做起来谈何容易。西域本就山陬海澨，四边无际，天竺又在西域以西，更是邈若河山，云树遥隔，其间大漠阻隔，雪山横挡，恐怕十人之中只有一人能抵达那里。更为考验人的是，梵语烦琐复杂，艰深晦涩，若无三年五载的苦心研习，恐怕很难掌握它的要领。"

言罢，慧严法师再度摇了摇头，像是在为天竺的鞭长驾远而感慨，又像是在为佛经的曲折翻译而感慨。

玄奘看了看面前的两本《摄大乘论》，又侧过脸望向西方，自言自语道："弟子若得机缘，定要远赴天竺，到佛陀诞生之地学习真正的佛经，然后将它们带回来，像鸠摩罗什大师一样亲自翻译。"

慧严法师只觉这是他的虚妄之言，并没有应答，转而劝说玄奘："不同译本的经书虽多有矛盾和歧义，但只要心存虔诚，昼夜诵读，仍旧是桩功德。"

接下来的日子里，玄奘又向其他年长僧人打听佛经翻译的事情。一切正如慧严法师所言，西域疆土广阔，小国林立，民族众多，突厥语、伊吾语、龟兹语……谁也说不清那里究竟有多少种语言，很显然，将佛经先译为突厥语，又译为汉语的版本，自然同将佛经译为伊吾语，再译为汉语的版本有所差异，而且其间经过的环节越多，就越容易出错。

夜里，玄奘独自站在院中，遥望着刚刚升起的圆月，显得心事重重。"佛面犹如净满月，亦如千日放光明。圆光普照于十方，喜舍慈悲皆俱足。"佛经是如月纯净、如日光明的真谛，了解它们真正的文本和奥义，才能让人心喜乐俱足，让世间普放光明。一想到因为译解错误，华夏沃土上的万千百姓得不到准确无误的佛言的接引荫庇，玄奘的心里就一阵苦痛难安。

玄奘就这样痴痴地望着皎皎圆月。不知什么时候，一大片阴云飘来，将如水的月光遮蔽。此时玄奘还不知晓，一场前所未有的风暴，正向大隋王朝疾速袭来。

林木萧瑟，寒冬将至，天空中已经飞起了星星点点的雪花。这日早课之前，玄奘看到一个蓬头垢面的妇人怀抱着一个同样满脸污垢的孩子蜷缩在山门前。母子二人皆面有菜色，显然久未饱食。出家人怜贫惜苦，慈悲为怀，玄奘急忙回到寺里，将自己的早斋，一碗热气腾腾的米粥端给他们，并将自己的一件棉袍也赠予他们御寒。

第三章　矢志西行

玄奘以为母子二人只是偶遇荒年四处行乞之人，没想到几日后来到净土寺前求施舍的百姓越来越多。从他们的口中玄奘和其他僧人才知道，他们都是因战火而流离失所的难民。

原来，就在这几年内，隋炀帝杨广又征讨了两次高句丽，但都损兵折将，无果而终。与此同时，因为不堪赋税徭役之重，揭竿而起的农民愈来愈多，有的起义军甚至已渐成气候。一时间四方动荡，兵连祸结，为了躲避战火而流徙各地的百姓也日渐增多。

令净土寺长老和玄奘没有想到的是，没过多久，竟然有一队大隋的士兵也来寺里索粮。他们可不像灾民那般客气，不待长老应允便自行翻箱倒柜。从他们的口中大家获悉，李密率领的义军大败洛阳守将王世充，已经占领了洛阳仓和回洛仓，开始包围洛阳。几个大粮仓都被义军所占，王世充麾下的士兵们无粮可食，只得在城内四处搜刮，甚至连寺院也不放过。

士兵们将净土寺里的粮食一抢而光，这下轮到僧人们忍饥挨饿了。

望着如狼似虎的士兵和众口嗷嗷的灾民，净土寺德高望重的海玉法师自言自语般嗟叹道："恐怕大隋王朝将是残月落山啊！"

海玉法师一语成谶。大业十四年三月，也就是公元618年的春天，隋炀帝杨广被他的右屯卫将军宇文化所弑，势力更强的唐王李渊将李密等人收于麾下，开始调动更多的兵力围攻洛阳。

一个是气数将尽的末世残主，另一个是距离登基只有半步之遥的义军领袖；一个是孤注一掷垂死相搏，另一个是不惜代价要毕其功于一役。原本繁华的洛阳，成了新旧势力的最后角力场，也成为饿殍遍地、硝烟弥漫的人间地狱。

残垣断壁，难民流离，越来越多的人开始逃离这座昔日的繁华之都。

这一日，王世充的军队又来净土寺中洗劫，见实在无粮可抢，他们竟然动手打伤了几名僧人。

见此情形，海玉法师仰天长叹。他将全体僧人、行者和沙弥召集到一起，语重心长地说："大隋气数将尽，李密的瓦岗军恐怕就要攻破洛阳了，眼下寺里的所有粮财都被掠去，缸里粒米未剩，乱世之中我等也无处化缘，如此下去恐怕过不了几日我们都要活活饿死。佛陀曰'天地有大宝为生'，留下性命方可继续念经诵佛，修为功德。不如你们趁洛阳还没有被瓦岗军围得水泄不通，随同流民到别处谋条生路吧！在那里你们同样可以弘扬佛法，静心修持。这净土寺由我一人来照看就行啦！"

僧人们不舍离去，但海玉法师再三告诫，他们只得勉强应允。乱世之中，僧人们有的决定返回故乡，有的决定投亲靠友。玄奘和哥哥陈素（法名长捷）父母双亡，一时间竟无去处。

最后，长捷提议："洛阳虽然是我们的故土，但眼下它已经尸骸遍野，烟火断绝了。法师说得对，在这里待着只能是等死。如今唐王李渊攻占了长安，并打算在那里建都，听说唐王

第三章 矢志西行

的瓦岗军纪律严明,不乱抢滥杀,兴许唐王登基之后是位开明之君呢。改朝换代之后,佛法兴许也能在长安兴旺起来,不如我们到长安去,在那里研习佛法。"

眼下这番情形,的确没有更好的选择,玄奘决定听从哥哥的建议,西赴长安。

长安距离洛阳并不算远,玄奘和哥哥长捷告别海玉法师后,跟随流民的队伍,没几天便到达了目的地。

长安的景象令玄奘和长捷大失所望,这里并非是他们想象中的楼阁林立、气象万千的祥和城市。由于刚刚经历了战火的蹂躏,它同洛阳一样焦土遍地、破败不堪,大街小巷到处都是饥肠辘辘的灾民。

经过一番打听,玄奘和长捷得知长安最大的寺庙是庄严寺,便辗转来到了这里。庄严寺内的情形再次令玄奘和哥哥心灰意冷,这里早就不是明柱素洁、清净庄严的修行之地了。同城里所有的尚还完整的屋舍一样,这里挤满了衣衫褴褛逃难而来的僧人和灾民。风雨飘摇之中,他们只能将这里当作栖身之所。

最让玄奘深感痛心的是,战乱之后的长安城柴火极其紧张,为了生火取暖,人们将藏经阁里的一捆捆经书取来点燃。而这些人中就有不少原本视佛经为圣物的僧人。

玄奘想找庄严寺的上座来阻止众人再拿经书当燃料,一位年届不惑的僧人看出了他的意图,劝说道:"寺里早就没有高僧大德了。你知道吗?唐王姓李,道教的鼻祖老子也姓李,所以他将道教视为本宗，重道轻佛。长老们不受重视，又遇兵荒马乱，他们都相继入川了。天府之地，林繁草盛，环境清幽，加之山峦苍茫，蜀道难行，战火一时也难以烧到那里，眼下那里才是清幽明净、不受打扰的佛门圣地啊！"

玄奘又到长安城内的其他寺庙打探了一番，情形同庄严寺如出一辙。除了道教祖师姓李的缘故外，唐王正忙于用兵争夺天下，不想在此倡导人们学习慈悲平和为旨的佛教也是一个重要原因。在此关键时刻，唐王只求自己的士兵和子民更加骁勇好战、攻无不克。

在长安城内继续研习佛法的愿望落空了，很显然唐王江山未定，寺庙荒杂、佛法洞敝的情形不可能在短期内得到改变。玄奘不想在此浪费光阴。经过认真思考后，他对哥哥长捷说："掌握佛法经典的高僧大德都辗转到了川蜀，我们与其在这里虚度光阴，不如也到蜀地拜谒名师，受业学经。"

长捷同意了玄奘的请求，兄弟两人离开长安结伴南下。一路之上仍旧是饿殍载道，颓垣废井，战争给整个国家造成的创伤让人触目惊心。直到翻过葱葱郁郁的秦岭之后，这一状况才有所改观。正如庄严寺中的那位中年僧人所言，蜀地被崇山峻岭所隔，战争对这里的影响较小。

玄奘先是来到了汉川。在这里，他听人说成都才是佛学的中心，全国各地的名僧大德都聚集在那里大开道场，相互辩论。于是，他和兄长长捷又跋山涉水赶往成都。

第三章 矢志西行

成都位于蜀地的中心。那里果然是一个物阜民丰之地，锦江绕城，良田万顷，丝毫也看不到战争留下的印记，同洛阳和长安形成了鲜明的对比。

正如人们所言，乱世之中气候温和、人稠物穰的成都俨然是个不知有汉、无论魏晋的世外桃源，每天都有僧侣名士开坛讲经。

玄奘如鱼得水，投身这佛学的海洋，除了悉心向各地的大德高僧讨教外，他也尝试着开坛授业，为僧众和百姓讲述自己诵读领悟多年的《妙法莲华经》《摄大乘论》等。玄奘才思敏捷，论证圆满，很快就得到了高僧们的交口称赞。他们称他芳声雅质，境界高远。一时间，玄奘声名远扬，甚至连荆楚长江一带的人也慕名来听他讲经说法。

在成都的时光充实而愉快。不知不觉，玄奘已年满弱冠，由少年变成了青年。这一年，玄奘在成都空慧寺正式受"具足戒"，恪守二百五十多条戒律，成为更为严谨奉行，也更受人尊敬的僧人。

成都的昌盛佛法和学术环境，给了玄奘一个可遇难求的学习机会。在这里他手不释卷，析经剖微，了解了更多的佛学典籍，也领悟了更多的佛理和奥义。

一次，玄奘偶然听说有两位名叫法常和僧辩的大德精通《摄大乘论》，正在长安城内讲授此经。在成都玄奘又接触到了另外几个版本的《摄大乘论》，究竟哪一个版本才更接近佛陀的真言呢？玄奘不禁萌生了返回长安向两位法师请教的念头。此时隋已灭亡，大唐江山已定。借由玄武之变，李世民杀死太子李建成和齐王李元吉，后成功从唐高祖李渊手中接过皇位，后世人称太宗。当时唐太宗内修外攘，治郭安邦。长安城早已不是玄奘当年所见的那个满目疮痍的长安城了，它四衢八街，车水马龙。

兄长长捷并不赞成玄奘前往长安。在他看来，玄奘在川蜀已经有了巨大名声，弗如继续在此修行弘法，大可不必费心费力地探究佛经的真伪。

玄奘心意已决。他不顾兄长的劝阻，跟随一支商队乘船离开四川。在途中的荆州、相州等地，玄奘设坛开讲，一时间听者如云。

阔别多年后回到长安城，一切果然已大不相同，百坊千里，道路宽阔，大唐的新气象开始显现出来。

玄奘几经打听，找到了精通《摄大乘论》的法常大师和僧辩大师。获悉玄奘辗转千里专门从成都赶来讨教佛经妙理，法常和僧辩都为他的精诚之心所感动。遗憾的是，尽管法常和僧辩对《摄大乘论》颇有造诣，但他们也难以断言究竟哪个版本的经文才是最接近佛陀本意的真经。原因正如慧严法师当初所言，由于不能将经文直接由梵语译为汉语，自然会衍生多种解释和多种版本。

最后，法常大师和僧辩大师建议玄奘向一位名叫波罗频迦

第三章　矢志西行

罗密多罗的天竺法师请教。波罗频迦罗密多罗像行脚僧一样，喜欢云游四方，他到过西域的多个国家，最近刚好云游至长安城内。波罗频迦罗密多罗略懂汉语，勉强可以用汉语同人交流。法常大师和僧辩大师认为，既然波罗频迦罗密多罗是不折不扣的天竺僧人，那他一定知晓哪个版本的《摄大乘论》更接近梵语的真经。

听闻这个消息，玄奘喜出望外。他片刻也没有耽搁，按照法常大师和僧辩大师的指点，找到天竺僧人的住所，登门拜访。

波罗频迦罗密多罗的汉语水平果然令人不敢恭维，两人连比带画，波罗频迦罗密多罗总算明白了玄奘的意思。他从身旁取出两夹贝叶经来，结结巴巴地对玄奘说："我带来了四十多夹经书，但是全都掉进了海里，只剩下这两部，这两部不是《摄大乘论》，《摄大乘论》也掉进了海里，没有办法同大唐的《摄大乘论》进行比对。"

玄奘明白了波罗频迦罗密多罗的意思，他从天竺带来了几十部真经，但大部分都丢失在了海里。如果他带来的《摄大乘论》贝叶经还在的话，就可以同玄奘带来的不同版本的《摄大乘论》译经逐一进行比对，那样的话就能知道哪个版本最贴合真经了。眼下没有梵语版的真经，即便是生于天竺的波罗频迦罗密多罗也无法做出判断，因为佛经浩繁如海，难测高深，除了极个别的大德外，没有谁能做到对每一部佛经都了如指掌。

波罗频迦罗密多罗也知道佛经在中国有多个译本，除了

《摄大乘论》外,《大般涅槃经》《阿毗昙论》《金刚经》等都有类似的情况。波罗频迦罗密多罗告诉玄奘,要想弄清楚这些佛经的不同译本究竟哪一个才是没有曲解佛陀本意的真经,最好的办法就是到天竺看他们的贝叶经原本。天竺气候潮湿,少有纸张,所有的佛经都是被雕刻在贝树叶子上的。

波罗频迦罗密多罗还对玄奘说:"法师,假如你能到达那烂陀寺,你的所有疑问、所有困惑都会迎刃而解的。"

"那烂陀寺?"玄奘第一次听说这个寺庙的名字。

"是的,那烂陀寺就在摩揭陀国,是天竺最大的伽蓝。天竺最有学问的大德戒贤长老就住在那烂陀寺里。他通晓一切佛法经论,是当世最有功德、最有威望的佛学大师。戒贤长老会告诉你哪一本经书是真经。"

玄奘的眸子像夜空中的星星一般亮了起来。他努力地想象着那座宏伟神圣的寺庙和那位满腹经纶的大师。

波罗频迦罗密多罗又说道:"戒贤长老还通晓《瑜伽师地论》。"

"《瑜伽师地论》?"玄奘同样头一次听闻这部经论。

波罗频迦罗密多罗比画着为玄奘解释说:"《瑜伽师地论》也叫《十七地论》,是弥勒菩萨所说的教法。《瑜伽师地论》是一部大论,总共有三乘十万颂,光是抄写经文的贝叶就能装满一车。《瑜伽师地论》是佛陀专为上根上智者所说的教法,是所有佛经中最智慧、最系统、最全面的经文。"

"《瑜伽师地论》能够度一切苦厄,解除众生的一切苦难,

第三章　矢志西行

但数量非常庞大,也非常深奥,不是凡夫俗子能够领会的,也不是生性愚钝之人能够彻悟的。正因为如此,《瑜伽师地论》从来没有流传到东土,即便是西域的那些国家也没有。"

"法师,你很有慧根,假如你能得到戒贤大师的指导,一定能解决困扰你的难题,将正法藏的经文发扬光大。假如你能诵读《瑜伽师地论》,一定会让大唐的子民脱离苦难。"

"那烂陀寺、戒贤长老、《瑜伽师地论》……"波罗频迦罗密多罗所言的圣寺、圣僧和佛经,令玄奘心驰神往,他仿佛远远地看到了传说当中的仙国圣境。

"《瑜伽师地论》能够度一切苦厄,解除众生的一切苦难……"玄奘的脑海中一直回响着波罗频迦罗密多罗的这几句话。他遁入空门研学经文的目的,正是为了帮人去除生苦、老苦、病苦、死苦、怨憎会苦、爱别离苦、求不得苦、五蕴炽盛苦之八苦。倘若能得此真经,并将它带回大唐,那该是一件何等功德无量的事情!

玄奘又想起自己曾经在慧严法师面前说过的话:"弟子若得机缘,定要远赴天竺,到佛陀诞生之地学习真正的佛经……"

眼下大唐初定,天下太平,又有一位僧人从天竺远道而来,告知自己那烂陀寺、戒贤大师和《瑜伽师地论》,这不正是渴盼中的机缘吗?

玄奘凝视着西方天际。他已经做出了一生中最重要的一个决定——西行求经。

第四章

其修远兮

"袆儿……娘在生你的时候曾经做过一个梦……有一位面带光芒的少年骑着一匹白马向西而去……他真像是长大后的你呢……"玄奘又想起了母亲临终时说的话。他不禁想，难道母亲梦见的那个少年就是自己？昔日里天竺僧人摄摩腾和竺法兰用白马从西域驮回佛经来，眼下或许该轮到自己骑白马去遥远的天竺取经了。母亲当年所做的梦看来要应验了，冥冥之中她所生的这个孩子注定要踏上西行的道路。

玄奘开始打听前往天竺的道路。他了解到从大唐到天竺大致有四条路径，这四条路径分别是海路、川南路、吐蕃路和后人所称的丝绸之路。

相对于陆路而言，海路的距离较短，也不必翻山越岭，但玄奘首先就排除了它，因为他从天竺僧人波罗颇迦罗密多罗那里了解到，从海上出发，要搭乘从新罗、日本等国来的船队，但谁也说不准这些船队什么时候会来。也许等一两年，也许要等三四年。另外，海路也并非一帆风顺，假若遇到大浪和风暴，便会桅歪船斜，甚至会沉船大海。波罗颇迦罗密多罗所携的贝叶经，就是因遇到海浪而倾于海中的。去天竺是为了求取真经，倘若将真经丢失在海里，那此行又有何意义？考虑到海上的危险因素，玄奘决定还是从陆路往返。

陆路上的川南路很快也被否定了。川南路是一条危机重重的丛林之路，它从川蜀到达滇黔，再穿过缅甸的重重密林到达天竺东北部。滇黔境内居住有无数彪悍野蛮的族落，他们的领地意识极强，对偶尔途经的陌生人也会大开杀戒。此外，滇黔和缅甸境内山多林茂，密不透风，其间多有毒虫猛兽出没，还有能取人性命的瘴气。最为重要的是，丛林之间很难行走骡马，根本无法运送装着贝叶经的木箱。

吐蕃路同样被排除掉。吐蕃占据高原优势，素与大唐为敌，双方时有冲突。吐蕃眼下决不会允许来自大唐的子民通过自己的疆土。

最后只剩下一条道路可以抵达天竺了，那就是八百年前博望侯张骞凿空西域后开辟出的丝绸之路。它需要穿过大漠横卧的西域，再翻越雪虐风饕的葱岭，抵达中亚的广袤草原，然后继续向西前行。相比前三条路线，这条路最为漫长，也最为艰辛，然而它是眼下唯一可取的路线，也是唯一一条有可能将天竺的贝叶真经带回来的道路。

选定好路线后，玄奘写了一份奏表，叩见左仆射宋国公萧瑀，请他代为转奏皇上李世民，希望能离开大唐西行取经。大唐的边境管理向来严格，没有朝廷的批准是很难穿越国境的，而且，前往万里之遥的天竺求经，也需要国家在人力、物力上的支持，因而将此愿望报于皇上是极其必要的。

这日早朝之际，左仆射萧瑀恭恭敬敬地奏道："天意眷我大唐，吾皇神武，天下安乐，国富民安，雨顺风调。今有大庄严寺僧人玄奘，志存高远，为法忘躯，发愿远赴天竺寻求真经，以传归华夏，佑护黎民，助大唐关和宁定，国运昌盛。现奏请陛下御批，以便即日启程，籍由西域，前往天竺。"

萧瑀没想到，自己碰了一鼻子灰，他的奏章刚念完，便被皇帝严词拒绝了，理由很简单也不容其辩驳：

大唐开国不久，局势并不稳定，内忧外患仍令唐太宗李世民夜不能寐，除了高原上的吐蕃对大唐疆域虎视眈眈外，西域的头号强国突厥部落也在觊觎关中的肥沃土地，不时以铁骑骚扰边境。就在不久前，东突厥可汗颉利率领二十万大军来到距离长安城仅百里之遥的武功，来不及调兵遣将守卫都城的唐王朝危若累卵。危急关头，唐太宗李世民决定冒险上演空城计，他未带一兵一卒，仅仅率长孙无忌、高士廉、房玄龄等六名大臣来到了渭水河边，隔河大骂颉利可汗乘人之危，不仁不义。不明真相的颉利可汗见唐太宗如此从容淡定，以为他早有防备，竟然被吓退，长安城和唐王朝由此躲过了一场生死劫难。

虽然有惊无险，但唐太宗李世民和诸大臣们都吓出了一身冷汗。这件事带给李世民极大的震撼，也成了他的一个心病，他知道，要杜绝突厥再一次兵临城下，唯有厉兵秣马，与之决一死战。

李世民开始做战前的各项准备，以便时机成熟后向突厥用兵，其中的一个重要举措就是下达了空前严厉的禁边令，禁止任何人离开大唐边境。历朝历代，每逢战事，为了躲避战乱和兵役，总有人想方设法逃到境外。担心国内的青壮劳力逃往域外会造成大唐兵力不足，李世民才颁此苛令，不许一丁一口擅离唐土，违者格杀勿论。

即便是玄奘这样的僧人，唐太宗李世民也不会网开一面，他担心一旦开了口子，就会有更多的人以类似的理由离开大唐。在向突厥正式用兵之前，深谋远虑的李世民是不会让自己颁布的这一律令有任何例外的。

左仆射萧瑀将唐太宗的态度告诉了玄奘，并且劝他放弃西行的打算："法师，我知你虔诚礼拜，素有宏愿，但眼下圣上旨意已明，你还是放弃此念吧。其实，长安城内云集了许多高僧大德，佛法之事，你同样可以同他们相互切磋，又何苦舍近求远呢？"

听闻萧瑀带来的消息，玄奘深感失望，西行之路尚未踏出半步就遭到阻挠，这怎能不令他心灰意冷。

玄奘长叹一口气，答道："大人您有所不知。大唐的佛经多由西域传来，因为语言混杂，翻译不清，其间多有纰漏谬误。

要去伪求真，唯有到天竺求取贝叶经书，除此之外别无他法。"

萧瑀摇了摇头："大唐与突厥大战在即，皇上是不会为了你而收回成命的。法师，你还是死了这条心吧！"

左仆射萧瑀离开后，玄奘愁苦难安。他绞尽脑汁，也想不出离开大唐前往西域的法子。夜里，玄奘翻来覆去难以入眠，直到拂晓才昏昏沉沉地睡去。

就在这短暂的睡眠中，玄奘居然做了一个离奇的梦。在梦里，他来到了一片海边，大海浩渺无垠，海中有一座突兀而立的宝山。宝山并非平常的石山，而是由金、银、琉璃和玻璃四种宝物组成，闪闪发光。

宝山令玄奘叹为观止，他很想到近前看个究竟，然而大海之中波涛汹涌，根本没有一艘船只可以渡海。眼见宝山华彩愈盛，玄奘不顾一切地跃向海中。令他没有想到的是，就在他纵身一跃之际，无数朵石莲花从海浪中生出，将他稳稳接住，并将他缓缓地托举到了宝山顶上。站在峰顶，举目四顾，只见海天寥廓，金光灿烂，到处都呈现出仙国圣境才会有的光明喜悦。

玄奘为此庄严曼妙的景象所震撼，情不自禁振臂高呼："我到达宝山顶上了！我到达宝山顶上了！"

或许是心悦至极的缘故，玄奘竟然被自己的叫喊声惊醒了。睁开双眼，他方知这不过是个梦。但仔细回想梦中的情形，玄奘激动万分，竟喜极而泣。西行之路犹如梦里的大海一般艰难可怖，但只要奋不顾身，或许就能够渡过劫波，抵达光明的宝顶。"这一定是佛陀在提醒我,只要心如磐石,向死而生,就定能到达那烂陀寺,求得《瑜伽师地论》等真经宝典。佛法庄严,但远隔千山万海,为了大法万死不辞的意志和决心,正是渡过鲸波鼍浪的舟楫呀!"

瞬间,玄奘不再愁肠百结、忧心如捣了,他相信只要有西行求经的意志,就一定能等来踏出国门的机会。像唐太宗李世民处心积虑备战一样,玄奘一方面耐心等待时机,一方面为将来的西行做各种准备。玄奘每日跟随天竺僧人波罗颇迦罗密多罗学习梵语,掌握梵语的音节和规律,同时隔三岔五地攀登骊山,锻炼自己的体魄。他知道前往天竺迢迢万里,除了意志外,对人的体能也是一个极大的考验。

秋叶凋零,新叶又生,转眼一年便过去了。这天下午,玄奘又爬到骊山顶上锻炼。正喘息之间,他突然听见周围的人仰着头惊呼起来。玄奘很快便知道他们因何而惊慌了。原本明亮的天色瞬间黯淡了下来,仿佛日头被什么东西遮住了。玄奘也抬起头,他果然见到了难得一睹的日食:太阳被一个硕大无比的黑球遮挡,只露出一圈银边,显得异常诡异可怖。

"天生日食,这可不是个好兆头啊!"

"是啊,日食可是凶兆啊!"

"听说日食在天,必有大灾祸呀!"

"难道这新建的大唐又有灾祸?"

"……"

人们七嘴八舌，议论纷纷，个个都露出惶恐忧戚之色。玄奘的心头也掠过一丝阴云。他也知晓有关日食的传言，据说日食是天显异象警告君王，日食出现之后往往就有动荡与灾祸接踵而至。

也许这些传言真有根据，也许一切只是歪打正着，这年秋天，关中平原突降寒霜。霜灾冻死了八百里秦川的大部分庄稼。一时间，千家万户颗粒无收。刚刚立国九年的大唐仓廪尚虚，国力尚弱，加之唐太宗李世民又将主要精力用于对突厥的备战，举国上下竟无力赈灾。饥荒迅速弥漫开来，就连昔日里九衢三市、花天锦地的长安城，如今也是饥驱叩门，饿殍枕藉。

眼见倘若再不开城，长安城里的黎民百姓多半要活活饿死在城里，唐太宗李世民不得不下令大开城门，任由灾民自行乞讨，自寻活路。

对一意西行的玄奘来说，这是个千载难逢的机会，他决定混在灾民之中离开长安城。当晨钟敲响之后，玄奘头戴斗笠，肩负竹篋，从西边的开远门走出了长安城。回望高大坚固的城墙，玄奘不禁心生感慨，他知道，不论前方的路有多么艰难险恶，自己前往天竺求经的第一步已经踏出了。

跟随着逃荒大军，玄奘来到咸阳，接着到达武功，最后抵达陈仓。在这里玄奘遇到了一位名叫孝达的僧人。孝达在秦州为僧，他曾在长安城大庄严寺里听玄奘讲过《大般涅槃经》，对玄奘的学识见解极为钦佩。

第四章　其修远兮

听闻玄奘要借路西域前往天竺求取真经，孝达深受感动，对玄奘的心虔志诚和抱道守真也更为敬重。孝达打算尽己所能帮助玄奘实现取经的宏愿。要抵达西域，首先得经过大唐境内的凉州、瓜州等地，其间路途遥远，孝达恰好认识一位以贩马为生的凉州商客，便买了一匹马送给玄奘，让他跟随商客直抵凉州。

有商客领路，玄奘这一段的行程顺畅了很多。经过了金城和广武城之后，他便顺利地到达了凉州。

凉州就是今天的甘肃武威。它北依莽莽苍苍的腾格里沙漠，南靠白雪皑皑的祁连山，自汉代以来便是河西走廊的重镇，是由中原通往西域的必经之路，人称"通一线于广漠，控五郡之咽喉"。

丝绸之路上的重镇历来都比较看重佛法，因为往返于漫漫路途的旅客商贩们都希望获得精神上的慰藉和佛祖的保佑。凉州人口不过两万，但建有多座寺庙，其中最具规模和声望的便是赫赫有名的报国寺，据说两百年前曾经译经的天竺高僧鸠摩罗什就曾在此居住讲经。

报国寺的现任住持为慧威法师。虽然远在凉州，慧威法师也早就听闻长安城内有一位日诵万言、学通群典的法号玄奘的年轻僧人。机缘巧合，慧威法师从马贩子口中得知玄奘已经来到凉州，当即来到玄奘的栖身之处登门拜访，并热情邀他开坛讲经。

玄奘一心西行，本不想在此耽搁太久，也不想抛头露面，节外生枝，但面对德高望重、一秉虔诚的慧威法师，他盛情难却，答应在报国寺中设坛开讲《大般涅槃经》。

来自长安城的高僧要开坛讲经的消息张贴出去后，闻讯前来聆听的人数远远超出玄奘的预料。他们之中有僧侣，也有俗世之人；有男子，也有女子；有华夏子民，也有国外商客。他们都将玄奘这样的有为僧人视作精神导师，希望通过听讲获得庇护和力量。

玄奘精进智慧、雅俗共赏的讲释果然得到了众人的交口称赞。他们都称如醍醐灌顶，受益匪浅，并强烈恳求玄奘能够再讲几部经文。

不得已，应众人之请，玄奘又讲了《摄大乘论》和《般若经》。这几次前来听讲的人更是摩肩接踵。就这样，玄奘居然在凉州讲经一月有余，他也成了整个凉州家喻户晓的人物，大街小巷之中，人们都在谈论这位自长安远道而来的有道高僧。

这天夜里，月落祁连，星汉灿烂。讲经结束在报国寺中准备和衣而睡的玄奘，突然被一阵急促的敲门声惊醒。拉开门闩，打开大门后，两名身穿公差衣服的大汉闯了进来。其中一人问道："你就是从长安来的僧人吗？"

玄奘料知事情不妙，但出家人不打诳语，他还是如实答道："贫僧正来自长安大庄严寺，不知深更半夜两位公人有何贵干……"

第四章　其修远兮

"那就是你了。"

"跟我们去都督府。"

两位公差打断玄奘的话，不由分说就要将他带走。

听闻动静的慧威法师匆匆赶来，拦下两位公差问："敢问两位公人为何要将法师带走？他终日在报国寺内开坛讲经，并无触犯律令之行。"

两位公差识得慧威法师，回答道："我俩是受李大人之命前来捕人的，具体缘由还请上座向李大人打听。"

公差口中的李大人，便是凉州的最高长官，凉州都督府的都督李大亮。李大亮并非灭隋兴唐的元勋之臣，但他有一个最大的优点，那就是忠心耿耿，奉命唯谨，只要朝廷有什么旨令，他一定令行禁止，不徇私情。正因如此，李大亮深得唐太宗的信任，被委以重任，担任凉州都督府都督，统管州里的军政大务。

凉州毗邻西域，李大亮早就收到皇上所颁的"禁边令"，甚至连其中的话也记得稔熟："大唐初立，国政尚新，疆场不远，务必禁约百姓出番，以免万一为胡虏所用。"

皇上的律令中专门提及凉州距离西域诸国不远，务必要严防死守。李大亮对此也格外重视，他深知倘若失职让某个大唐的百姓溜出边境去，必将受到皇上的责怪和严罚，多半还会丢掉官职，因而叮嘱手下的兵士和公人，凉州城一律只进不出，除了高鼻深目的胡人外，国人不可随意通关。

在李大亮的恪尽职守下，迄今尚未有大唐百姓私自出边的情况发生。但这日，他听一位来自长安城的商人举报说，近日在凉州报国寺内讲经的僧人意欲西行求法，须得多加提防。

玄奘当初奏求皇上批准西行取经的事情很多人都知晓，恰巧这位长安商人来凉州做买卖时，见到了开坛讲经的玄奘。他料定玄奘来到此地的目的，并非是为了弘法，而是为了寻找机会出关，前往天竺，于是向李大亮举报。

从令如流的李大亮不敢掉以轻心，急忙差人将玄奘连夜捉来亲自审问。

李大亮也听闻了长安来的僧人因为讲经有方令万民空巷的事情，他原以为这位高僧同报国寺的慧威法师一样是位古稀之年的长者，见玄奘如此年轻，不禁吃了一惊；再仔细打量，只见玄奘身上的确有一副幽兰雅质之貌和一股超凡脱俗之气。

尽管如此，李大亮还是公事公办地打着官腔问道："你便是在报国寺讲经的玄奘？"

"贫僧正是玄奘。"事已至此，玄奘如实回答。

李大亮又问："你从长安城来？"

"正是。"

"长安乃京都，是人口稠密的繁华之地，法师你若弘法也该留在那里才对，毕竟听者远众于凉州。你为何舍近求远，弃富求贫，来这偏远荒凉之地？"

玄奘猜李大亮早已知道他的身世底细，于是不卑不亢地如实答道："贫僧并非专程来凉州讲经弘法，贫僧意在赴天竺佛国求取真经，途经宝地，恰遇百姓喜佛，于是耽搁些时日。"

李大亮哼了一声："你既然从京都长安来，自然知道皇上早就下了禁边令，你想通关去天竺，不知是否有朝廷批文和通关文牒？"

玄奘摇了摇头，脸上显露出些许无奈与苍凉。

李大亮拍了一下案台，疾声厉色地说："本官今奉圣旨，严禁一切百姓西行出关。既然你没有皇上御批的文牒，还是即日离开凉州，返回长安为妙，否则休怪本官行事无情。"

玄奘长叹一声，缓缓说道："贫僧只身一人远赴天竺，并非是为了躲避战事，更非图求富贵荣华。贫僧目睹天下百姓多有疾苦，只想取回没有歧义和纰漏的真经，让佛法造福桑梓，叫黎民不堕三途之苦。"

李大亮不为所动，依旧严词说道："本官不知什么真经假经，本官只知晓如今战事在即，边关不平，朝廷严敕绝无例外。限你三日之内收拾袈裟钵杖返往长安，否则严惩不贷！"

见李大亮如此严苛，玄奘没有办法，只好自言自语地说道："贫僧已立下为法忘躯之志，不到天竺死不瞑目。"

李大亮正欲发作，一直跟随在两名公人和玄奘身后的慧威法师终于气喘吁吁地赶到了。他年届耄耋，腿脚不便，终归是慢了许多，不过玄奘刚才的话，他已听到多半。

慧威法师是凉州乃至河西走廊上的名僧，在偏好佛法的凉州百姓心间颇有威望。李大亮虽身为都督，对他也很恭敬。

李大亮迎上前去问道："长老，您怎被惊动？定是那两个差役行事鲁莽，大声喧哗，惊扰了长老。"

慧威法师吐了口气，直奔主题："这位玄奘法师天生慧根，寻幽入微，于佛学有极深的研学。自他到报国寺挂单讲经以来，僧众百姓无不欢喜踊跃，如痴如迷。天竺乃佛学的策源之地，如今玄奘法师为求得佛学真义，不畏险途，不惜性命，实在令人钦佩！倘若玄奘法师真的取回了自自佛国的正知正见，便可令黎民百姓得到大智慧、大喜悦和大解脱，这是件功德无量的大好事，大人您何必要阻拦呢？依老衲拙见，弗如网开一面，令其西行求法。"

听闻此言，李大亮一愣，但随即说道："严禁西行，这是皇上亲下的圣旨，徇私枉法，瞒隐圣上，这可是欺君大罪啊！况且皇上早已拒绝了他的奏请，连皇上都不允的事，我却逆之而行，长老，您想想李某脖子上有几颗脑袋啊？"

话已至此，慧威长老只好作罢，带领忧容满面的玄奘暂且回到报国寺。

西行受阻，玄奘心事重重，水米不进。他想向慧威长老讨教是否还有别的法子离开凉州，长老却一整天都不见踪影。

天黑之后，玄奘仍旧夜不能寐。都督大人限他三日之内离开凉州返回长安，假如想不出良计妙策的话，他的宏誓大愿就成了镜中之月，水中之花。

辗转反侧之际，玄奘突然听到有人轻叩门扉。打开门来，竟是报国寺中的两个沙弥，他们自我介绍，一个叫惠琳，一个叫道整，是受上座慧威长老的吩咐，带玄奘离开凉州城继续西行的。

"长老叫你们带我离城？"玄奘既感惊喜又难以置信。

年龄稍长的惠琳回答说："正是如此。长老说您是他这些年来见到的最具慧根、学识和志向的人，您的坚忍决绝和为法忘躯都令他深感钦佩。长老希望能助您一臂之力，盼您到佛国取回真经妙典，一解佛法百年困惑，亦使佛陀慈悲加护于众生，使正教光大于华夏。"

"阿弥陀佛。"玄奘双手合十，眼中涌出感动的泪花。

他正要打问慧威长老现在何处，道整已经开口说道："李都督正好向长老打听河西走廊的风土地理，探寻治理凉州的良方妙策，长老有意同他长谈将他拖至深夜，暗令我们带您连夜出城。"

玄奘恍然大悟，但他仍心存疑窦："都督大人恪守禁边令，各个城门都有兵士把守，我们如何出得城去？"

惠琳答道："凉州既是边塞重镇，又是对往来货物收取税银的镇所，有的商贩为了逃避税收，就趁夜色背负着货物从城墙的西拐角翻墙而过，那里的守备士兵较少。李大人偶尔会带人前去巡视，但今晚他正同长老畅谈，决计不会去巡查了。"

惠琳和道整早有准备。来到僻静幽暗的城墙西拐角后，他们将随身携带的绳套抛上城墙顶部，恰好套住一个墙垛，然后手脚并用地爬了上去。接着他们抛下一个绳套，让玄奘系于腰间，齐心协力将他拉上城墙。运用相同的法子，三人顺利地到达城外的地面上。城外有一条很宽的护城河，若逢雨季，河水暴涨，他们决计难以游过，但所幸的是时值旱季，河内几无积水，他们轻而易举地便蹚了过去。

这一夜月黑星寂，城楼上的士兵并未发现有人越墙出城。又走出数千步，确认再无危险后，玄奘回首望着凉州城池黑黢黢的影子，竟有一种恍若隔世的感觉。

玄奘双手合十，对着凉州城深深一揖。惠琳和道整都知道他是在向慧威长老揖礼答谢。

接下来，玄奘就要一路向西前往瓜州。瓜州受凉州管辖，也就是说它仍旧是凉州都督李大亮的地盘。担心李大亮发现玄奘不见踪影后会派兵追赶，三人只能昼伏夜行。

河西戈壁格外荒凉，方圆几十里内也难得见到人家。惠琳和道整安慰玄奘说："法师不必担心，我俩都是土生土长的河西娃，对这里再熟悉不过了，即便是闭着眼睛，我们也能带您到达瓜州。"

惠琳和道整果然对沿途非常熟悉，趁着拂晓时分，他们甚至从偶尔遇到的一户农家里买来了一匹马。有了马匹托运行李，三人的速度更快了，不日便到达了瓜州城下。所幸的是，他们的身后没有士兵追赶，瓜州城的守兵也没有对他们进行盘查，看来李大亮还不知道玄奘偷渡出城的事情。

第四章　其修远兮

"白发悲明镜，青春换敝裘，君从万里使，闻已到瓜州。""英雄恨，古今泪，水东流。唯有鱼竿明月上瓜州。"后代的文人墨客们经常以瓜州入诗入赋。作为古时的边防要塞，瓜州在他们的笔下充满了荒凉、孤寂与哀愁。在他们看来，瓜州已是极其偏远，离开瓜州后便是鳞鸿杳绝、车辙铁尽之地。但此时此刻，对心存大志的玄奘而言，瓜州只是他在西行之路上又迈出的关键一步。瓜州之后的路途虽然仍充满未知与艰险，但他毕竟离天竺圣地又近了些。

"路漫漫其修远兮，吾将上下而求索。"玄奘深吸一口气，踌躇满志地踏进了瓜州城的大门。

第五章

老马识途

瓜州城始建于汉代，整座城被一道城墙分为东西两半，东城是驻军将士及其家属的住所，西城则以普通百姓为主。

惠琳和道整轻车熟路地将玄奘带到了西城的一处客栈中。谨慎起见，他们选择的这个客栈既僻静又破旧。

将马拴在马厩，并为其填了草料后，手脚勤快的惠琳和道整煮了一壶茶，又买了几个馕饼，三人席地而坐，喝着热气腾腾的茶水，终于将夜间行路沾上的寒气一驱而尽。

就在这时，摇摇晃晃的木门被人推开了，两个身着戎装的士兵走了进来。玄奘、惠琳和道整都吃了一惊，手中的茶碗险些掉在地上。三人脑中所生的念头一样，定是凉州都督李大亮知晓了他们私自逾城的事情，并通知所辖的瓜州士兵前来缉捕。

玄奘一时间不知所措，惠琳和道整也面面相觑。然而接下来的事情更令他们倍感诧异。两名士兵并不像之前在半夜闯进报国寺的那两位公差一般无理，相反，他们显得小心翼翼。

第五章　老马识途

两名士兵将三人仔细打量了一番，其中的一位竟双手抱拳对玄奘揖了个礼说："这位法师就是长安来的高僧吧！"

士兵竟识得自己！玄奘心中忐忑，但还是起身还礼答道："拙僧玄奘正是自长安来的僧人。"

"法师刚到瓜州吧？法师一路劳顿，鞍马未歇，本该多休憩一阵儿，但我们刺史大人见法师心切，有劳法师同我们前去刺史府。"

"刺史大人？"玄奘问道。

"正是。我们是瓜州刺史独孤达大人手下的士兵，奉刺史大人之命前来邀请法师。"一名士兵答道。

玄奘只得和惠琳、道整一道随同两名士兵前往刺史府。玄奘猜测，那位名叫独孤达的刺史，一定会像凉州都督李大亮一样对他盘问一番，然后令他和惠琳、道整折返长安。

出乎他们意料的是，刺史独孤达竟然在府衙门口等候。见到三人后，他连忙迎了上去，恭恭敬敬地说道："大师云游至瓜州，真是这个弹丸之城的福气啊！"

独孤达的热切之情溢于言表，看上去并不像是要审讯擅自越边的罪人，而像是在招呼远道而来的客人。一时间玄奘竟有些摸不着头脑，不知道刺史的葫芦里究竟卖的是什么药。玄奘决定静观其变，随机应对。

独孤达眼小面阔，肩宽须疏，看上去不太像是汉人。果然，在摆上茶果斋饭后，他自我介绍道："我的祖上本姓刘，是汉朝的度辽将军。祖上曾多次与匈奴作战，后来兵败被俘，接着被掳至匈奴部族，难归家国。就这样过了十多年后，祖上彻感绝望，他自知无法回到中原，便与匈奴贵族女子通婚，子嗣也改为匈奴之姓独孤。到我祖父这代，终又回到汉人辖土，我也因为稍立战功而被封为刺史，守卫大唐疆土。"

独孤达对自己的家世开诚布公，这令玄奘略感放心。不待他开口，健谈的独孤达又继续说道："法师，不瞒您说，虽然我是行伍出身，整天舞枪弄棒，干些打打杀杀的勾当，但我对佛法却钟爱有加。从我的祖辈一直到现在，匈奴、中原、突厥之间战事连连，鲜有间断，每一场战役都要夺去成千上万人的性命。如此你争我夺，不知何时才是尽头？瓜州和凉州一带多有见地深刻的高僧大德，小官我也曾听他们讲经布道。佛经上说人生皆苦，这些苦多半由贪、嗔、痴所致；战事又是人生中的大苦，由更大的贪、嗔、痴所致。想来要终结战事，结束那绵延不绝的苦难，唯有以佛言为念，戒除贪、嗔、痴，怀大慈悲之心。"

从独孤达口中听到这些话，玄奘大为欢喜，他情不自禁站起身来问道："如此说来，刺史大人并非，并非要……"

独孤达也站了起来，抢先答道："我对法师这样见解高深的大德一向恭敬有加，仰慕之至。瓜州同凉州近在咫尺，听闻法师在凉州城内开坛讲经，我很想去亲耳聆听，奈何军务在身无法抽脱前往。今日听得法师居然来到了瓜州，我大喜过望，便

第五章　老马识途

迫不及待差人去邀请您，实在是多有失礼啊！"

"大人怎知我们到了瓜州？"玄奘仍有些担心。

"瓜州是个小城，几乎人人相识。法师您这样的陌生人来此，自然会引起注意，有两位瓜州百姓恰巧在凉州报国寺听您讲过佛经，识得您的容貌，在街上见到你们后，便风风火火地来通知我。在他们的心目中，法师您这样的大德来到瓜州可是件大事；在我的眼中，这同样是件首屈一指的要事呀！法师，您德行深厚，学识精湛，一定要不吝赐教，为不才释疑解惑、指点迷津啊！"

玄奘、惠琳和道整听到这里，总算长出了一口气。原来刺史大人并不知晓他们私自出关的事情，只是出于对佛法的喜好，才邀请他们前来做客。

"刺史大人多有慧根，令人钦佩。当年佛祖释迦牟尼就是亲睹了人间的疾病战火、生离死别等诸般痛苦，才舍弃王位云游苦修，寻找让众生离苦之道的。佛陀最终在菩提树下觉悟成道，从而为众生立教，帮众生解脱。刺史大人有慈悲之怀和向善之心，实乃大幸，倘若普天之下人人都如大人这般能体恤他人之苦，怜悯他人之痛，想来战事也就不会发生了，人世间的万般业障磨难自然也就冰消雪融。"玄奘称赞独孤达的礼佛之心，并同他探讨佛经中的诸多细节。因为所好相同，两人竟也相谈甚欢。

吸取被凉州都督李大亮勒令折返长安的教训，惠琳和道整劝玄奘向独孤达隐瞒前往天竺取经的事情，但玄奘觉得独孤达有向佛之志，不会像李大亮一样扣押自己，于是将自己矢志西行又从凉州城偷渡出来的经过向独孤达和盘托出。

正如玄奘所料，独孤达并没有公事公办，遣返他们，相反，他对玄奘为求佛法不畏险途的精神敬佩有加。不过接下来，独孤达显得有些忧心忡忡。

独孤达站起身来回踱步。他思忖再三，还是对玄奘说道："法师，您的精诚之心和不拔之志普天之下无人能比，但弟子在瓜州公干多年，对方圆数百里内的地理气候都有所了解。恕弟子直言，法师要继续西行，恐怕是件难于登天的事情。"

玄奘的心头一沉，连忙问道："大人何出此言？"

独孤达长叹了一口气说："法师请听弟子细细道来。就算弟子放你们出瓜州城，出城之后西行五十里便有一条骇浪滚滚、湍急难渡的葫芦河。葫芦河是疏勒河最大的一条支流，也是方圆数百里内最宽最急的一条河流，仅凭你们三人，恐怕是很难渡过葫芦河的啊！毕竟你们无舟无楫，岸上也无人相助。就算你们侥幸渡过河去，前面还有座玉门关，它是通往西域的襟喉，没有官方的文牒，你们肯定无法过关。就算你们像偷渡凉州城一样偷渡过了玉门关，在关外还建有五座烽燧，烽燧之上皆有驻边将士张弓搭箭，日夜值守，随时准备抓捕偷渡出关的人，有时为了省事，他们干脆立在烽燧上用乱箭将偷渡之人射死。此外，五座烽燧各自相距百里，其间既无人烟也无水草，

第五章　老马识途

要想取水,唯有到烽燧之下的湖里,但如此一来,自然会被守兵乱箭穿身。五烽的设置可谓处心积虑,目的就是要让偷渡边境的人干渴而死。"

无论是玄奘还是年轻沙弥惠琳和道整,脸上都飘过一层愁雾。但独孤达的介绍并没有结束,他的神情也愈加忧戚。他接着说道:"法师,就算你们如有神助,五次偷水都成功,连过五座烽燧都没有葬身乱箭之下,可前面还有八百里的莫贺延碛等着你们。"

"莫贺延碛?"玄奘和两个沙弥都没有听说过这个名字。

"就是方圆八百里的大戈壁和大沙漠。"独孤达解释道,"那是人人避之不及的死亡之地,在那里几乎找不到一滴水,也几乎见不着一根草。白天烈日能将人晒昏,到了晚上又能将人冻僵,而且还会有鬼怪嚎叫。即便是上百人的驼队,也不敢轻易穿越莫贺延碛,因为多半会死于干渴、流沙,甚至被铺天盖地的沙暴活活掩埋。人们都传说莫贺延碛是被魔鬼施了咒的地方,法师,你们区区三人闯入莫贺延碛,恐怕是凶多吉少啊!"

独孤达劝说玄奘要三思而后行,毕竟前方的艰难险阻远远超出常人的能力所及。

回到小客栈之后,玄奘的心中重若千斤。他辗转反侧,彻夜难眠。遇到独孤达这样的看重佛法的官员,玄奘以为接下来的行程会变得顺利,没想到还有更多的关卡险阻横在前面。连独孤达这样权倾边陲的官员都认为葫芦河、玉门关、五烽和莫贺延碛决计难以通过，他这样一无所有的僧人，又能有何妙计渡河过关、逾沙轶漠呢？

惠琳和道整同样长吁短叹，如困愁城。显然，无论是慧威长老还是他们，都没有想到前往天竺之路竟是如此凶险骇人。

"佛不东来，我便西去。不取真经，誓不回返！"启程之前玄奘郑重地许过宏愿，眼下，他无论如何也不可能放弃西行，前功尽弃。他决定暂且在瓜州停歇几日，一边继续打听葫芦河、玉门关、五烽和莫贺延碛的情况，一边冥思苦想解决难题的法子。

瓜州城内有许多胡商，他们性格外向，既精通汉语又乐于把自己沿途的所见所闻讲与别人听。谈及葫芦河、玉门关和莫贺延碛，胡商们所言同刺史独孤达的介绍如出一辙。假如没有通关文牒的话，想要离开玉门关，并且通过五座烽燧简直难于登天；而仅凭三五之人，想要穿越八百里莫贺延碛，更是痴人说梦。

一位热心的胡商对玄奘说："莫贺延碛有四大邪门，法师您知道吗？"

"愿闻其详。"玄奘回答说。

在僧人面前，胡商不会夸夸其谈，也不会道虚妄之言，他一本正经地说："那莫贺延碛同别的戈壁沙漠多有迥异。第一个邪门之处便是白日里火日灸人，到夜里透骨奇寒，极炽极寒只在一日之内发生，就仿佛酷暑和寒冬日复一日地交替往复一般。"

第五章　老马识途

这一点玄奘听独孤达讲过，便问第二个异邪之处。

"这莫贺延碛的第二个怪邪之处，便是它遍布流沙，流沙既松又软，会像沼泽一样将不幸踩入其中的人吞噬进去，据说就是惯于在沙漠中行走的骆驼也难以幸免。"

"第三个怪异之处是什么呢？"玄奘又问道。

"莫贺延碛的第三个异邪之处，便是它的狂风骤沙。人们常说瓜州'一年一场风，从春刮到冬'，瓜州的风就足够大了，可它同莫贺延碛的大风比起来，简直就是小巫见大巫。莫贺延碛看似赤日炎炎，火伞高张，可谁也不晓得什么时候会刮起大风来。大多数时候，前一刻还骄阳当空，后一刻擎天撼地的沙暴便像一堵高墙一般呼啸而来，霎时天昏地暗，飞沙走石，'一川碎石大如斗，随风满地石乱走'说的就是莫贺延碛的大风。由于风里裹挟着碎石沙砾，连骆驼都能被袭去一层皮毛。"

玄奘早就听说西域风疾沙劲，但如此骇人的狂风还是令他心生焦虑。

胡商又讲述莫贺延碛的第四个邪门之处："这第四个最为可怖，听说莫贺延碛里有许多冤魂野鬼。千百年来，八百里莫贺延碛中不知死了多少人，掩埋了多少白骨，这些冤魂妖怪一到晚上就会出来鬼哭狼嚎，吵闹不休。据说它们还会勾人魂魄，假如有谁不知天高地厚地进入莫贺延碛的话，冤魂们会将他团团围住，呼喊他的名字；假如那人应声答应的话，魂魄便会被摄走，再也休想活着出来。"

冤魂惑人之说，玄奘倒不以为然，心想多半是以讹传讹，空穴来风。但年轻的惠琳和道整听到这些，竟显得一脸惶恐。

"难道莫贺延碛当真无法通过了吗？"最后，玄奘心有不甘地问道。

胡商想了想，说："要想穿越莫贺延碛，除非找一个数次从中全身而返的向导，还得有淡水和馕饼都携带充足的驼队，即便如此，仍旧是凶多吉少。"

玄奘点了点头，向胡商揖礼致谢。

胡商又打量了玄奘一番后，说："你非商非贾，自然不是去西域贩卖商品，难道法师您是想去西域诸国讲经弘法？我劝您还是三思而后行啊，毕竟那是性命攸关的事情。"

胡商所言同瓜州刺史独孤达所言如出一辙，这使得玄奘愈发心事重重。

都说祸不单行，仿佛连老天爷也在警告玄奘不要西行似的，惠琳和道整在前往瓜州的路上买的那匹马，竟也莫名其妙地生病死去了。它的死如同一个不祥之兆，重重地压在了玄奘、惠琳和道整的心口。玄奘苦思无策，只好到寺庙中去击鱼诵经，祈求佛陀和菩萨能令他灵光乍现，想出一条万全之策来。

又过了两月，刺史独孤达来向玄奘三人道别。因为边关防务的需要，他要暂时离开瓜州到别的地方公干，估计一月左右才能回来。敬重玄奘的独孤达意欲安排他到条件更好的客栈中住宿，但不想惹人注目的玄奘婉谢了他。独孤达知其心意，也

第五章　老马识途

就不再勉强，只是叮嘱他们要事事小心，万万不可在尚未准备好的情况下擅渡葫芦河，擅闯玉门关。朝廷的禁边之令向来严苛，万一三人被玉门关守军拦下，即便是身为刺史的独孤达，也难以再从中斡旋。

玄奘三人点头应诺，独孤达这才放心离去。

就在独孤达离去后的第三日，一位留着长髯、身着布衣的中年人在客栈门口拦住了玄奘。他揖了个礼，问道："打搅法师了，不知在下能否向您打听一个人？"

"敢问檀越要打听何人？"玄奘打量了一下陌生人，疑惑而警觉地问。

"在下想打听一位从长安城来的僧人。"长髯中年人盯着玄奘，不动声色地说。

玄奘的胸中一震，但他清楚此时绝不能慌乱，他强迫自己保持镇定，反问道："从长安来的僧人，不知他的法讳名号是什么？年纪长相又是如何？"

陌生人仍然紧盯着玄奘，一字一句地说："在下听人说这位自长安而来的僧人名叫玄奘。"

玄奘没有再吱声，他知道对方是有备而来，而且多半是官府上的人。稍顿了顿，玄奘问道："檀越是在府衙公干吗？"

陌生人没有直接回答，而是从衣服里掏出一张公函来，将其打开给玄奘看。玄奘不禁矍然变色。他看到盖着印戳的公函上赫然写着："有僧字玄奘，欲入西蕃，所在州县宜严候捉。"

看到玄奘脸上的变化后，陌生人这才说道："法师，实不相瞒，我是瓜州州吏李昌，刺史独孤达大人外出期间，瓜州的一切军政事务均由我负责处理。昨日，凉州都督李大亮发来了这份追牒公文，要我们严查一名自长安而来、意欲偷渡西行的名叫玄奘的僧人。"

原来，这几日凉州都督一直忙于军政公务，整日焦头烂额。这天稍得空闲后，他突然想起来玄奘的事情，便让人探查玄奘是否已经听令返回长安。这一细查才知道，玄奘非但没有东归长安，反而偷渡出城，继续西行。李大亮既惊又恼，他没想到这位看似柔弱的僧人竟如此胆大妄为，一意孤行，倘若皇上知晓了此事怪罪下来，自己决计脱不了干系。想到此，李大亮连忙下发通缉公文，让下属州县拦截玄奘。

刺史独孤达刚刚离开，通缉令就送至瓜州。眼下，玄奘的命运就掌握在这位像关公一样留着美髯的州吏的手中，能否继续西行，也将取决于他的态度。

见玄奘久久无语，州吏李昌又问道："接到公文后，我差人在瓜州城内四下巡查，自己也换上便装打听言语口音都异于本地的僧人。我只想问一句，法师您到底是不是玄奘？"

事已至此，没有再隐瞒下去的必要了，何况出家人不打诳语，这是佛门戒律。玄奘有些黯然地答道："贫僧正是玄奘。"

玄奘的回答早就在李昌的意料之中，不过听他亲口承认，李昌的眼睛还是亮了一下。他再次上下打量了玄奘一番，问

第五章　老马识途

道:"法师您当真要赴天竺取经?"

尽管落入李昌手中前途未卜,玄奘仍旧眼望着西方,语气坚定地答道:"自西域传来的佛经多有谬误,贫僧立志要去天竺佛国取回真经,弘佛法真谛,扬佛法奥义,培植善根,去贪嗔痴,让黎民自此离苦得乐,永生欢喜。"

李昌点点头,问道:"法师有帮众生出离烦恼的宏愿,却为何没有通关文牒?"

"皆因边关战事将起,朝廷唯恐人心浮动,故颁布了禁关之令。"玄奘情不自禁地叹了口气说。

这下轮到李昌沉默了。他低首思忖了一会儿,自言自语道:"佛门弟子到佛法策源之地求索佛学真意,这便如同孝子回家探望父母高堂,聆听人生教诲一般,是件积行功德的事情,何况又是为了教化黎民,劝人向善,这样抱诚守拙的僧人,我何必苦苦阻拦呢?"

同之前听到刺史独孤达敬佛礼佛的话一样,从州史李昌的口中听到这番言语,玄奘既惊又喜。他揣测,瓜州之地佛学盛行,难道李昌同独孤达一样,也是位好佛之人?

一切正如玄奘所料,李昌虽身为官吏,但受当地尊崇佛教风气的影响,他同时也是一位心怀虔诚的佛教徒。确认了玄奘的身份后,李昌有意要尽己所能助他一程,当下行礼道:"小吏早闻法师在凉州弘扬大法,今日歧路相逢实乃三生有幸。小吏虽才疏学浅,但对佛学多有仰慕,今有大师不惧艰难险阻,舍身西行求经，小吏如若从中阻拦，必会积下深重业障，将来堕阿鼻地狱。"

说罢，李昌做出了一个令玄奘大吃一惊的举动。他当着玄奘的面将通缉公文撕得粉碎，而后说道："缉拿法师的公文已经撕毁，暂时无人再来为难法师了，但凉州都督李大人必定还会过问结果。夜长梦多，法师，您还是及早动身离开瓜州，继续西行吧。小吏微服而来，正是为了避开众人耳目通知法师这件事情的。"

玄奘深受感动，他没有想到自己如此幸运，竟接连两次遇到有礼佛之心的朝廷命官。他知道，李昌擅自将自己放走，属于违命不尊，必定会受到上级官员的责罚。

玄奘眼中湿润，一时间竟无语凝噎，而李昌已向他揖礼告辞，催促他尽快上路："法师不必再客气，弟子能尽绵薄之力助法师成就求取真经这一无上功德已是可遇不可求的幸事。长风万里，关山迢迢，法师一路多加保重。盼法师能早日到达天竺佛国，求得真经妙义，令正教真谛光大于华夏。"

同好心的州史李昌道别后，玄奘匆匆返回客栈。让他颇感意外的是，屋子里只有沙弥惠琳一人闷闷不乐地坐在地上，更年轻些的道整却不知去了何处。

见到玄奘回来，惠琳急忙起身，吞吞吐吐地说道："法师，道整他，他……"

惠琳一脸焦急。

"他怎么了？"玄奘以为是官兵前来骚扰，即刻问道。

第五章　老马识途

"道整他不辞而别了!"惠琳终于说道,"道整同我都生在河西,知晓前往西域之路的艰险可畏,前时又听得胡商讲莫贺延碛的种种恐怖,他便起了退意。他说:'连刺史和胡商都道莫贺延碛绝难穿过,我们三个手无缚鸡之力的僧人,岂不是枉送性命?况且,我们多半还未到莫贺延碛跟前,就会被五烽上的士兵乱箭射死,被水流湍急的葫芦河淹死。'慧威长老令我们助法师西行取经,眼下道整不敢返回凉州报国寺,也自知无颜向您告别,就径自前往敦煌了,道整的家乡就在那里。"

听清了原委,玄奘既没有生气,也没有感到遗憾。他平静地对惠琳说:"求经之路凶险异常,生死难料,你们不惜冒险助我出城,一路护送至此,贫僧已经感激不尽了。道整所言甚是,前方既有大河又有大漠,既有守兵又有关卡。你们年纪轻轻,前途无量,怎可叫你们陪我步艰涉险,出生入死?万一你们真的为河水吞噬,为乱箭所伤,为流沙所埋,那真是我的一桩大罪过啊!你们的父母高堂也定会肝肠寸断,痛不欲生。"

惠琳望着玄奘,心中既饱含愧疚,又充满感动和钦佩。

玄奘抬头望了望眉清目秀的惠琳,温和地说道:"惠琳,你也回去吧!你还如此年轻,你的父母一定还健在于人世。你在报国寺中平安修行,便是对他们的最大的孝道。西行求经是我自己的愿望和志向,理应由我一人来完成。前方的路途太过凶险莫测,你不必跟着我枉冒其险。你告诉慧威长老,是我令你们回去的,对道整也不可责罚。回到凉州后,请代我向长老问安，日后如有机缘，我们必定还会再见。"

"可是，法师您一人怎可去得了天竺？"

"求经取法贵在心力强，愿力大，不在色力健不健也。若心力不强，纵有百驼千人相随也未必能到达天竺；若心力强，纵有千难万险也能跨过。"玄奘回答。

惠琳似懂非懂地点了点头。

道整离去后，惠琳本就感到凄惶，细想那戒备森严的五烽和飞沙走石的莫贺延碛，的确不是常人能通过的地方，眼下见玄奘肯让他走，他也就没有过多坚持，叮嘱玄奘路上保重后，含泪叩别。

玄奘知道，西行路上多一个帮手才会多一份保障，但一方面，道整的不辞而别提醒了他，求经路上的艰辛与危险不是他们这样的未曾经过磨砺的年轻僧人能够承受的，即便惠琳眼下没有离开，等真正身处绝境的时候，他多半会做出同道整相同的选择，与其那时看他溜走，不如现在就让他回家；另一方面，慈悲为怀的玄奘的确不愿看到为了陪同自己取经，两位年轻的僧人在凶险难测的途中遭遇什么不测。

"想来我也必历经心死磨难，而后方得佛法真谛。"

玄奘自言自语道。

天地悠远，山河岑寂；不乐生死，信心得生。玄奘知晓，从此以后，哪怕前面有葫芦河险关、五烽和莫贺延碛，哪怕前面有绝壁深渊、刀山火海，他也要以赴死的决心独自前往。

第六章

老骥伏枥

尽管昼思夜想，玄奘也没能想出渡河闯关，再通过五烽和莫贺延碛的法子，但眼下形势紧急，不便久留，他也只能选择先尽快离开瓜州城，万一贻误时机，被凉州都督李大亮再派人拦下，天竺可就真的去不了了。

临行之前，玄奘决定到客栈附近的弥勒寺中参拜弥勒佛像，祈请弥勒佛加持慈悲，保佑他穿越险阻抵达天竺。

弥勒佛像矗立在寺庙中央。玄奘合十而立，闭目轻诵，虔诚祈祷。就在这时，一位凹目高鼻、身着衲衣的僧人走了进来。凉州和瓜州多有皈依佛门的胡僧，玄奘对此倒也见怪不怪，但令他不解的是，见到他后胡僧如同见到了显身的菩萨，又如同被雷电击中一般，目瞪口呆地怔在原地。

玄奘不知原委，一脸困惑。

俄顷，胡僧才像是从梦游中醒来一般，用难以置信的、近乎颤抖的声音问道："法师是从东方而来的吗？"

玄奘清楚胡人所言的东方多指长安。他不知胡僧底细，心头不由一紧。出于礼貌，玄奘只能以问代答："长老怎知我来自哪里，又要去向何方？"

玄奘没料到他的话刚一出口，年届花甲的胡僧眼中居然涌出了泪花。他激动不已地说："法师，您有所不知，就在昨夜，老僧我做了一个神奇无比的梦，在梦中，一位白净清秀、仪表不凡的汉僧坐在莲花之上，自东方而来，又翩然向西而去。在他的周围，妙音不绝，金光闪耀，说不出的吉祥庄严。今晨，我仍在琢磨昨日的梦境，不曾想就在寒寺中见到了您。说来您可能不相信，您同我梦到的那位坐着莲花向西而去的汉僧长得一模一样！刚刚见到您时，我以为自己还在梦中呢。法师，您真像是从我的梦里走出来的人啊！"

听完胡僧的讲述，玄奘也惊喜交加。他忆起了当年母亲所做的一位清俊少年骑马西行的梦和离开长安之前自己所做的被石莲花拖至大海之中的宝山顶上的梦。胡僧所梦见的僧人，飒然东来，翩然西去，这正同自己的行途一模一样啊！眼下前途未知，生死难料，莫非佛陀再一次借梦境来提醒自己，只要矢志西行，那些险阻都可以越过？坐在莲花之上而行，这不就预示着佛陀会施与法力救焚拯溺吗？

玄奘认定这是一个吉兆。在最茫然无措、忧心如捣的时刻，恰巧遇到有此梦境的胡僧，他一下子又变得信心满怀，志若磐石。他知道，就算所有的人都离他而去，就算水草皆无的五烽戈壁间和浩瀚无边的莫贺延碛中只有他一个人跋涉，至少佛陀和菩萨并没有抛弃他，他们时时刻刻在给予他心力、信念和勇气。

欢喜之余，玄奘同胡僧畅谈起来。他告诉胡僧，自己正是从长安东来前往天竺求经的僧人。胡僧听闻至此，愈发感到不可思议。他感慨佛法无边，同时赞叹玄奘此行必有神护，定能到达佛国，取得真经。

交谈之中，玄奘也了解到胡僧法号达摩，原本是昭武九姓之中的康国的商人，后因长年跋涉于中原与西域之间，腿脚生了顽疾。后来达摩经人劝说剃度为僧，在弥勒寺中朝夕诵经，虔诚拜佛，没想到久治不愈的腿疾竟渐渐好转，并最终不医而愈。达摩感慨这都归功于佛陀的法力，但玄奘更倾向于这是因为他得到了佛陀所传递的信念与执着。有了信念与执着，奇迹便会如莲花一般绽放。

同老胡僧依依惜别后，玄奘准备返回客栈收拾行李，即日只身西行，前往葫芦河边。怀着对佛陀深深的敬仰与感谢，临行之前，玄奘在弥勒佛像前燃香跪拜。

就在这个时候，发生了一件令人匪夷所思的事情。一位高鼻灰眼、身材高大的胡人盯着玄奘看了又看，最后像是下定了决心似的，绕着他转了一圈。玄奘深感蹊跷，举目仰视，但胡人似乎毫不在意，又像模像样地绕着他连走了两圈。

"檀越为何要绕我走三圈?"玄奘忍不住开口问道。

年轻的胡人没有回答他,而是反问道:"您就是在凉州报国寺讲经说法的那个高僧吧?您就是玄奘大师吧?"

再次被人认出,玄奘不知是福是祸,但他断定年轻的胡人绝对不会像老胡僧一样也做了一个汉僧乘莲西行的梦。年轻胡人的眼中既有欢喜又有渴盼,似乎有事相求。

果然年轻胡人开口说道:"法师!您在凉州城内声名远播,人们都说您是百年难遇的高僧大德,真没想到能在这里遇到您,这定是我们的缘分。我正好有事相求。"

"佛法深广,犹如大海,虽法身大士,尚不能穷源彻底,况博地凡夫乎。贫僧资质匮乏,才识疏浅,怎敢称高僧大德,又怎敢以百年难遇自居。"玄奘连连摆手,接着又问道,"檀越究竟有何事?为何要求助于贫僧?"

胡人犹豫了一下,答道:"我想皈依佛门,但听弥勒寺的僧人说皈依佛门需先请一位德高望重、佛法精深的高僧授三皈五戒。弟子本想请弥勒寺中的长老来受戒,但恰巧见到您,便改了主意。法师,您在凉州城内名噪一时,无论妇孺,哪个不知您的大名!要论德高望重、佛法精深,这凉州和瓜州之地,非法师您莫属。今日我在决心皈依佛门之前,巧遇法师,想来也是冥冥之中注定的机缘。求法师能不弃草昧,为弟子授戒。"

引人向善,领人向佛,渡人向道,这是件功德无量的事情。但玄奘还是有些放心不下,又问年轻胡人:"檀越为何要皈

第六章　老骥伏枥

依佛门？"

年轻胡人长叹了口气，答道："法师听我慢慢道来。弟子姓石名磐陀，祖上乃昭武九姓中的石姓，居住于祁连山之北的昭武城内。昭武城里的人世代为商贾，家家做买卖，孩子出生后就让他口含蜂蜜，掌握石胶，寓意他长大从商后口甜似蜜，能说会道；钱财在手，毫厘不失。商人以逐利为上，为了钱财，我们的族人多有掺杂使假、货不对板之行。我的父亲当年曾经用假黄金从吐火罗国人的手中骗取了一百匹汗血宝马，一夜暴富，从此成为富商蓄贾。对此我们并不感羞耻，反而沾沾自喜。我一直跟随父亲做生意，待他年迈体衰后便自立门户，独当一面。我仍旧以利益为重，赚了不少金银，但没想到的是三年前的一场灾祸让我倾家荡产。那时，一位熟识的同乡要贩卖丝绸茶叶，许以高利向我借些本钱。丝绸与茶叶都是在西域炙手可热的商品。我料想他必能大赚一笔，同时我也能从中渔利，于是就将这些年赚得的金银都借于他做本钱，谁曾想他拿到钱后便不见了踪影。一向工于心计的我居然被别人结结实实地算计了一把，我真是欲哭无泪，欲告无门。为了寻找这位见利忘义的同乡，我四处奔波，马不停歇，可三年来除了耗尽仅剩的钱财外一无所获。身无分文的我流落他乡，最后不得不落脚瓜州。

"我没有想到曾经鲜衣美食的我竟然落到了金钗换酒的地步。最穷困潦倒的时候，我只能靠寺庙里布施的粥饭聊以果腹。我将自己的经历告诉了一名上了年纪的僧人，僧人说这都是我的父亲所遭的业报，当年他唯利是图，欺天罔人，今朝他的子嗣终又被别人所骗，资财尽失。老僧人说，有因必有果，种什么因就得什么果。起一念善心，就是种善因，就会有善的果报；起一念恶心，就是种恶因，就会有恶的果报。正所谓善行善果，恶行恶报。老僧人还说我今天的境遇因"贪"字所致，俗世之间利来利往，尔虞我诈，永无尽头，唯有看破尘世，以戒、定、慧来克服贪、嗔、痴，方可彻底脱离此等烦恼，得乐之果报。八年间的颠沛流离让我也看清了世态炎凉和人心冷暖，我决定听从老僧人的规劝，一心向善，诚心念佛。老僧人说在正式剃度为僧前，我先得经人受戒成为一名居士。既然要受戒，还请法师您这样人人敬仰的高僧为弟子受戒为妙。"

"阿弥陀佛，善恶之报，如影随形，已作不失，未作不得。你既然已知晓了这个道理，迷途知返，不堕红尘，实乃一件幸事。"听了年轻胡人石磐陀的身世经历后，玄奘放下心来，也明白了他为何要绕着自己行走三圈。

玄奘先为石磐陀解释"三皈"，"我等皈依佛，就是皈依十方三世一切诸佛；我等皈依法，就是皈依诸佛菩萨所说的一切经论；我等皈依僧，就是皈依一切诸佛刹土里的僧团。"

石磐陀点了点头表示领会。

玄奘接着又为他解释"五戒"，"五戒乃佛门中的大戒，无

第六章　老骥伏枥

论僧人、比丘，还是沙弥和行者，都得奉行恪守：第一是不杀戒，谓人若于彼众生，妄加杀害，而夺其命，死堕恶道；第二是不偷盗戒，谓人若于有主物不与而窃取之，死堕恶道；第三是不邪淫戒，谓人若淫泆无度，好犯他人妻妾，死堕恶道；第四是不妄语戒，为人若妄造虚言，隐覆事实，诳惑众听，死堕恶道；第五是不饮酒戒，谓人若饮酒则纵逸狂悖，昏乱愚痴，无有智慧。犯五戒者，死后都要轮回至畜牲道、饿鬼道和地狱道三个恶道之中。"

石磐陀再次点头，郑重其事地说道："这三皈五戒弟子都能做到。经过诸等变故，弟子早就没有那些贪婪骄奢、唯利是图的念头了，更不会再见利起意，加害于人。至于妄语和饮酒，自打弟子落魄以来就谨言慎行，也早就无钱沽酒了。"

佛法普度众生，并不管他是富人还是穷人，是汉人还是胡人。见石磐陀语言真诚，玄奘心想，这或许真是自己同这个迷途知返的年轻胡人的机缘呢，于是便为他授了三皈五戒。

石磐陀如愿以偿，显得格外高兴，他郑重地表示："法师亲自为我授戒，从今往后我就是法师的弟子了。我愿意追随法师，精习佛法，多行善事，多种善因。"

"为你授戒无妨，但收你做弟子却万万不可。"玄奘对欢天喜地的石磐陀说。

"那却是为何？法师嫌我曾经骗人钱财、行为不端吗？还是嫌我是个言行粗鄙的胡人？"石磐陀问道。

"皆非如此。"玄奘连忙答道，"不能收你为徒，是因为贫僧不能在瓜州久留。贫僧要远行他乡，少则一年，多则数载。"

"法师要去哪里？是要远行他乡，像在凉州城一样讲经说法吗？"石磐陀好奇地问。他接着又说道，"我近来也无甚事做，法师若是继续去讲经，我可跟随前往，一路上可以帮法师牵马卸鞍，端茶倒水，安排斋食。"

道整和惠琳离开后，前行的路上的确需要一位向导，石磐陀来自西域，又曾常年往返于中原与西域各国之间贩卖商品，自然熟悉那里的地理路线、语言习俗和风土人情。此外，石磐陀年轻体健，头脑聪明，又有心向善，刚刚皈依佛门，算得上是一个稳妥可靠的人。今日先是遇到梦见祥瑞的胡僧，紧接着又在弥勒寺里遇到一心受戒的胡人石磐陀，玄奘情不自禁地将他们联系了起来。他心想，这或许是弥勒菩萨和佛陀在暗中相助呢，老胡僧和年轻的石磐陀兴许都是他们造化机缘专门遣来的帮手，一个帮他重树决心，另一个则帮他引路导航。

想到此，玄奘便将自己矢志西行，前往天竺佛国求取真经的事情告诉了石磐陀，同时也将前面既有葫芦河和玉门关，又有五座烽燧和莫贺延碛，险阻重重、只身难行的事情告诉了他。

唐太宗的禁边之令非常严苛，对没有官牒偷渡出境的人，守兵可以格杀勿论，也可缉拿之后再定死罪。另外，玄奘听一位胡商讲过莫贺延碛的凶险诡异，即便对胡人来说，那里也是避之不及的死亡禁区。玄奘本以为石磐陀听说他要依次通过葫

第六章　老骥伏枥

芦河、玉门关、五烽戈壁和莫贺延碛前往天竺的事情后会有所退缩，至少会踌躇不定，没想到石磐陀竟然毫不犹豫地说："法师，怪不得人人都称赞你是世间少有的高僧大德呢！你为求佛法真谛，竟愿冒如此大险，当真令弟子敬佩之至。若非家中有妻儿老小，弟子真想陪同法师前往天竺，亲耳聆听真经妙理。但弟子愿侍奉法师十天半月，帮助法师渡过葫芦河，再闯过玉门关和五烽，最后穿过莫贺延碛。弟子是西域人，总比法师更熟悉路途，也总比法师识得更多的人。"

听石磐陀这么说，玄奘大喜过望。石磐陀以前做了多年买卖，路途的经验果然要丰富一些，他对玄奘说："法师，五烽之间相隔甚远，莫贺延碛也一望无际，我们最好买匹马，驮运饮水和补给。"

玄奘点了点头。惠琳和道整买的马病死后，当务之急的确是重新买一匹马。

西域之人长于识马养马，天底下最好的汗血宝马就出自这里。石磐陀自告奋勇地说："法师，相马买马的事就交给我吧，还有准备衣物、饮水和馕饼的事情，也让弟子来办吧。"

带着石磐陀回到客栈后，玄奘取来行李将买马买粮的钱交给了他。玄奘决定让石磐陀在瓜州城内的骡马市上挑选良马，自己则先行出城，他想起州史李昌的叮咛，不敢在城内过多耽搁；况且集市之中人流熙攘，万一再有哪个听过他讲经的人认出他来，兴许会生麻烦。

石磐陀对瓜州城内城外都很熟悉。他对玄奘说："出城西行两里有一座塔尔寺，寺内立座高塔，很好辨识。塔尔寺旁边有一片杨树林，平日里鲜有人至，法师，您可以暂且藏身在林中，待得两三个时辰后，我便牵马来同您会合，一同西行前往葫芦河。"

得益于州史李昌的相助，守城的士兵没有阻拦玄奘，让他顺利地走出了瓜州城。石磐陀所言果然不假，出城之后玄奘老远就看到一座高大古朴的佛塔。渐近佛塔所在的寺庙时，他见到了附近的一片稍显稀疏的树林。

依照石磐陀的叮咛，玄奘径直来到了树林之中，并且找了一个低凹之处坐于其间，等候石磐陀的到来。若非走到跟前，远处的人绝对不会发现树林之中还藏着一个人。

转眼之间，日过三竿，约定的三个时辰已经过去了，仍不见石磐陀到来，玄奘只得静下心来继续等候。又过了三个时辰，日头愈烈，石磐陀还是没有现身。

"莫非他又起私心，带着买马的钱一走了之？"玄奘不禁暗想，但他马上否定了自己的这一猜测。石磐陀已经在弥勒佛像前立誓皈依，又已受了五戒，他不会这么快就抛弃信仰，旧态复萌的。

又等了几个时辰，就在日落西山之际，玄奘听到一阵人马的脚步声，他起身抬头张望，果然是石磐陀牵着一匹马，踏着金色的余晖走了过来，不过和他同来的还有一位年过古稀的胡人。

"师父！"见到玄奘安然在林中等候，石磐陀也很激动，三步并作两步走上前来。

"敢问这位檀越是？"玄奘没来得及问石磐陀为何花费如此长的时间才买到马，而是先打听老胡人的身份。私自出关是件保密的事情，一旦泄露出去，不仅会连累好心的州史李昌和刺史独孤达，而且多半还会横生枝节，招来灾祸。

石磐陀明白玄奘心中所想，连忙解释道："师父，这位老爹是我在集市选马时认识的，他恰好也是昭武九姓中的石国人，同我算得上是乡党至亲。别看他其貌不扬，他可是位经验丰富的向导，早些年曾经多次穿过可怕的莫贺延碛，因此，我磨破嘴皮才将他请了来，想让他告诉我们穿越莫贺延碛的法子。"

听闻老胡人曾多次穿越人人闻之色变的莫贺延碛，玄奘顿时肃然起敬。他也明白了石磐陀直至黄昏才回来的原因，知晓了他的良苦用心。

老胡人深目高鼻，胡须稀疏，身穿一件破旧的驼毛毡衣，毡衣上的驼毛也快掉光了。他望了望玄奘，先开口道："您就是石磐陀的师父玄奘？"

"贫僧正是玄奘。"玄奘答道。他猜路上石磐陀已经向老胡人介绍了他的情况。

"你打算穿过莫贺延碛？"老胡人又问道。

"正是如此，贫僧决意前往天竺取经，八百里莫贺延碛是绕不开的必经之路。"既然老胡人是石磐陀的同乡宗亲,他又肯到这里来,玄奘也就不隐瞒什么了。

老胡人的脸上露出难以置信的神情:"就你们两个人?"

玄奘点点头:"贫僧本打算只身前往的,幸而在瓜州遇到了你的族亲石磐陀。"

老胡人似乎觉得玄奘的话匪夷所思,使劲摇了摇头:"法师,恕我直言,你们两个人进入莫贺延碛是白白送死,仅凭你们二人,恐怕连一半路都走不到,就尸横大漠了。"

玄奘相信老胡人的话并非危言耸听。他的胸中愈发沉重,但还是心有不甘地问:"檀越你不是穿过莫贺延碛很多次了吗?这说明莫贺延碛并非完全不可通过。"

老胡人有些无奈又有些苦涩地笑了一下,这使得他那张因饱经风沙吹噬而沟壑纵横的面庞愈发像是枯朽的胡杨。

"我可不是两三个人结伴就进入莫贺延碛的。"老胡人说道,"我跟的都是由上百人和几十匹骆驼组成的商队啊,唯有如此人们才敢踏进那片死亡之地。你们汉人有句话叫'人为财死,鸟为食亡',还有一句话叫作'重赏之下必有勇夫'。尽管莫贺延碛好进难出,危险重重,但面对贩卖丝绸、茶叶和陶瓷能换来的巨大利润,还是有人愿意铤而走险。我便是他们所雇的向导之一,和另外两个人负责摸索路线,查看天象,寻找水源。尽管商队规模庞大,准备充足,能全身而退赚得银钱的还是少数,大部分商队都在干渴、酷热、流沙和风暴中溃不成

第六章　老骥伏枥

军，损失惨重，一百多人的队伍，走出莫贺延碛的连一半也没有。"

玄奘仔细聆听。石磐陀同样神情凝重。

老胡人的记忆被唤起了，那些可怕的情形仿佛历历在目。他神情痛苦地接着说道："有一次莫贺延碛里突起尘暴，商队被吹离既定路线，大部分人不知所终，剩下的七八个人和几峰骆驼最终也彻底迷路，既走不出赤地千里的大戈壁，又无法找到水源。几日之后，骆驼所载的补给全部耗尽，陷入绝望的我们只好杀死一峰骆驼，饮它的血解渴，食它的肉充饥。我们就这样跌跌撞撞，边走边宰骆驼。待到最后一峰骆驼也被吃掉后，我们总算从鬼门关里走了出来，走到了莫贺延碛的边缘。"

说到这里，老胡人的眼中竟然涌出了两行浊泪，显然，那段死里逃生的经历仍令他心存余悸。他长叹一口气，又说道："我是运气好才数次从莫贺延碛中活着出来的啊，但倘若再让我随商队进去的话，我恐怕迟早也会赶上霉运，死在黄沙之中的。一个人不可能次次都有好运气，尤其是在莫贺延碛那样的阽危之域。许多人说我能识沙丘沙垄，能观星宿月相，因而能在莫贺延碛中找出道路，其实那都是捕风捉影的传言啊。莫贺延碛中最显眼的标志就是半埋于沙下半露于地表的白骨，有的是骆驼和马的骨头，有的是商贾杂役的骨头。他们都未能活着走出莫贺延碛。循着这些枯骨行走，你就能知道哪里能通往大戈壁外，哪里是死路一条。夜里天晴的时候，一些骨头还会发出莹莹的绿光，真像是亡人和驼马的鬼魂在游荡。"

"阿弥陀佛!"闻此惨景,玄奘情不自禁地轻诵了一声。而年轻的石磐陀脸上露出惶恐之色。

老胡人又望了望面目清秀的玄奘:"法师,您立志前往天竺固然令人钦佩,但您归根结底是凡人之躯,仅凭你俩贸然进入莫贺延碛,恐怕尚未见到佛门真经,便先殒命沙中了。法师听老夫一言,还是放弃此念返回长安吧。成群结队的商贾使节都在莫贺延碛中渴死、冻死、饿死、累死,法师您一介僧人,手无缚鸡之力,又能背负得了多少饮水和补给啊?一旦走进莫贺延碛,那可是进退不得,骑虎难下。千里赤地,寸草不生,上无飞鸟,下无虫蚁,一旦您陷入饥渴、沙暴,或者在其中迷了路,那可真是呼天天不应,喊地地不灵啊!那种苦痛和绝望法师您未曾尝过,若是您像老夫一样经历过一次,便决计不再有穿越莫贺延碛的念头了。俗话说得好,'不听老人言,吃亏在眼前',法师还是勿以性命为儿戏,早早折返为妙。"

老胡人的这番话,令石磐陀脸上的惧意渐浓,也令玄奘的面庞上浮出些许困惑。此时夕阳西坠,暮色渐沉,几颗星子跃了出来,闪耀在塔尔寺佛塔的上空。晶亮如银的星星又让玄奘想起了弥勒寺中的老胡僧所做的梦,纵有千难万险,必有莲花盛开。想到此处玄奘还是坚定地对老胡人说:"去天竺佛国求取贝叶真经是我多年的夙愿。开弓没有回头箭,我既然已经从长安城里跋涉至此,焉有掉头回去之理。我知老檀越您是一片好心,但倘若我不去求得真经,曲解佛陀真义的经书不知又要刊行多久，天下众生不知又要待到何时才能得到正法，离苦得乐。佛曰：'我不入地狱，谁入地狱？'纵然前方有莫贺延碛，有万丈深渊，我也赴汤蹈火，万死不辞。"

玄奘的决心令老胡人有些动容。他感慨道："既然法师一意西行，志若磐石，我也就不能再劝阻挡路了。我同商贾裨贩们闯入八百里莫贺延碛是为了谋财获利，多半不会得到神明的佑助，但法师您冒险进入莫贺延碛是为了求取佛法，说不定真有佛陀的保佑呢！但愿法师能够逢凶化吉，遇难呈祥。"

玄奘双手合十答谢。

老胡人又说道："如若再年轻几岁，老朽定会为法师做向导，帮助法师走出那莫贺延碛，但眼下我年事已高，腿脚不便，体力难支，恐难随法师同行了。另外，老朽也未必次次都有从莫贺延碛全身而退的好运气。老朽这两年间只想待在家里，纵有殂谢也是落叶归根，不至于身葬大漠，成为那不被人知的枯骨朽脊。"

"老檀越苦口婆心，又自城中专程而来，详述那莫贺延碛的种种面貌，贫僧已是感激不尽。有老檀越的经验和吉言，贫僧更多了一份西行的心力。"玄奘答道。

热心的老胡人又为玄奘和石磐陀仔细讲解莫贺延碛的种种地貌，以及在其间躲避风险、尽力求生的法子。

这时候该考虑准备补给的事情了。玄奘这才仔细打量石磐陀买回来的马。看过之后他不禁心生不悦，前路迢迢，凶险莫测，应该买一匹膘肥体健、吃苦耐劳的高头大马才对，可是石磐陀买来的竟是一匹毛暗萧条、瘦骨嶙峋的枣红老马。

"这匹老马能走得了西域？"玄奘忧心忡忡地问道。

石磐陀正待开口，老胡人已经代为作答："法师，千万不可小瞧这匹貌不惊人的老马。俗话说'人不可貌相'，马亦是如此。正是这匹老马伴了我十八年，随同我穿越了莫贺延碛十多次。常言道老马识途，它可比那些光鲜漂亮，却未出生入死过的年轻骏马中用得多。这匹老马看似弱不禁风，实则搏过狂风骤沙；看似羸弱不堪，实则脚力惊人，能耐艰遥。法师您要穿越莫贺延碛远赴天竺佛国，老朽的这匹老马才是不二之选呀！悉闻法师前去求经，老朽又不再出门远行，这才舍得将它贱卖予你的徒弟。"

玄奘这才明白个中缘由，知道自己错怪了石磐陀和老胡人。他走上前去仔细打量，这才发现枣红马年齿虽大，双眼之中却沉雄安静，深邃难测，一看就是久经磨砺、见多识广之马。它的身上似乎也有一种内敛持重、处变不惊的力量，正所谓老骥伏枥，志在千里。

天色渐晚，老胡人要返回瓜州城内了。他充满爱怜地轻抚着枣红马的鬃毛说："老伙计，这位高僧是为众生求佛取法真谛才冒死前往西域的，你要尽心尽力助他穿过莫贺延碛一路继续西行。我已至风烛残年，今朝一别，不知今生能否再相见。"

言罢老胡人掉下了几滴浊泪。而那老马似能听懂人话，用脑袋厮磨着主人的手臂,两只大眼中竟也星星点点。

最后,老胡人叮嘱玄奘和石磐陀:"法师切记,在莫贺延碛之中,它比你们更有经验,也更具智慧。假如遇到险境,一定不要擅自决断,一意孤行,换作是我的话,宁可听从于它,跟着它相机行事。"

玄奘和石磐陀答诺应允。老胡人一步三回头地离去了。目睹着他的身影消失在苍茫暮色中,枣红老马刨着前蹄,不舍地嘶鸣了几声。

第七章

磐陀起意

西域之中矗立着多座高耸入云的雪山，雪山之上积雪皑皑，银光闪耀。到了盛夏时节，烈烈骄阳令山巅之上的这些冰雪渐次消融，它们由涓涓细流汇聚成滔滔大河，如纵情奔腾的马群一般冲向旱魃为虐的茫茫戈壁，冲刷出一条条突兀险急的河道。

葫芦河便是这些融雪形成的内陆河中的一条。冬春时节，它就像是一位了无生气的老人；但到了夏秋时分，它便从蛰伏中醒来，变身为脾气暴虐的青年。略显浑浊的河水奔腾咆哮，片刻不停地冲刷着河道，使得河床底部越来越宽。冬天水枯时，看河床的横截面，恰似一个上小下大的葫芦，葫芦河也因此而得名。

葫芦河究竟长多少里没人知晓，不过整条河上只有一座桥，籍由此桥才能过河到达对岸的玉门关。桥上同样日夜有士

第七章 磐陀起意

兵把守，不允许任何人随意通过。假如能像鹰鹫一样从空中俯瞰葫芦河，就会看到，它就像是玉门关的天然护城河。

整个夏季，葫芦河波回浪卷，水流湍急，绝无可能泅游过去。在没有通关文牒的情况下闯到桥上，更是鸟入樊笼，自投罗网。

玄奘苦无良策，但久居于此的石磐陀沿着葫芦河边查探了一番后，找出了过河的法子。他对玄奘说："师父，这葫芦河并非处处都宽阔难渡，在距玉门关那座木桥的十余里处，有一个陡弯，河面在那里一下子变窄了许多，我估算了一下，大约不足两丈，河岸上恰好还有好些个碗口粗的杨树，我们将树砍倒搭到对岸，就可以建一座临时的桥。"

担心白日里砍树搭桥会被玉门关城楼上的守军发现，石磐陀建议等到天黑后再行动。戈壁滩地势平坦，视线可达很远，方圆几十里内，玉门关又是最高的建筑，站在城楼上，视野更加开阔，石磐陀的担心不无道理。

葫芦河就在玉门关脚下，但同瓜州城还有一段距离。此时望不见瓜州城和塔尔寺的佛塔，但玉门关的剪影在星月之下清晰可辨。

"西戎不敢过天山，定远功成白马闲。半夜帐中停烛坐，唯思生入玉门关。""黄河远上白云间，一片孤城万仞山。羌笛何须怨杨柳，春风不度玉门关。""青海长云暗雪山，孤城遥望玉门关。黄沙百战穿金甲，不破楼兰终不还。"后世的诗人当中，不知有多少人都曾以玉门关为题作诗，以抒胸臆。这座规模并不算宏大的关城，可以说是最广为世人所知的边关。

旧时，产自于阗的和田美玉要从这里入关才能够输至中原，玉门关也因此而得名，同时它也成为中原与西域的分界线，出了玉门关就到了域外，进入玉门关就回到了故土。

对将士们而言，玉门关是出征之地；对亲友们而言，玉门关是别离之地。这一关城一直充满了伤心、苍凉与悲壮，但此时此刻对玄奘而言，它却是通往佛国圣地的一道大门，通过它之后，就有可能触及那充满智慧、启迪与祥和的佛学真义。

石磐陀领着玄奘，牵着枣红老马，沿着河边向十里之外的葫芦河狭窄处走去。高高矗立的玉门关渐变渐小，消失在了沉沉的暮色里。

来到葫芦河的拐弯处，玄奘看到，这里的河面果然一下子变窄了数倍。四顾无人后，石磐陀用提前准备好的砍刀动作麻利地砍倒了三四棵两丈多高的杨树，把它们不偏不倚地顺势搭到了河对岸；随后，石磐陀将砍下来的树叶和蒿草搭在了并排而卧的树干上，又铺上了厚厚一层沙土，一座简易的桥梁就搭成了。

此时，悬于西方天际的弦月即将落下，玄奘和石磐陀准备牵着老马过河。就在这时，远处突然传来几声清脆的木梆声，紧接着，有盏灯笼像飘忽不定的鬼火一般出现在了夜色之中。

玄奘和石磐陀都吃了一惊，连老马也觉察到了异常，喷出

第七章　磐陀起意

粗重的鼻息，发出几下轻微的"突突"声。

玄奘不清楚究竟是什么人深更半夜来此荒烟蔓草之地，久居瓜州的石磐陀却知道，他们是从玉门关过来的关防巡骑，担心有人偷渡葫芦河，例行公事，沿河巡查。

石磐陀附耳告诉玄奘来者何人，轻嘱他敛声屏息，切勿动弹。此时夜色黢黢，身旁又有十几棵杨树掩护，只要不发出声响来，兴许能躲过一劫，不被官兵发现。

梆子声愈来愈响，随着巡边士兵的靠近，他们所乘马匹的马蹄声也清晰可辨。玄奘立在原地一动不动，连大气也不敢出，倒是身旁的老马听到响亮清脆的敲梆声后，又喷了几口鼻息。玄奘惊出了一身冷汗，假如老马此刻受到惊吓，嘶鸣起来或者狂奔出去，他和石磐陀立时就会暴露。在一队全副武装的官兵面前，他们决计难以逃脱，兴许当场就会被乱箭射死。

石磐陀显然也意识到了这一点，在黑暗之中紧张地眨巴着眼睛。眼见官兵愈近，石磐陀孤注一掷，用上从前学的安抚骡马的法子，一只手轻轻搂住老马的脖子，一只手轻抚它的鼻孔和嘴唇。老马果然很通人性，像条温顺的家犬一般，瞬间安静了下来。它不再喷出响动很大的鼻息声，也不再发出不安的"突突"声。它像石磐陀一样忽闪着两只大眼睛。

巡边的官兵终于来到了近前，从马蹄声判断，他们至少有十五六人。能夺人生死的官兵就在几丈开外，假如他们发现了杨树桥策马过来，后果着实难以想象。

此刻的每一刹那都像一个小劫那般漫长，每一时都像一个大劫那般无期。玄奘和石磐陀隐忍地煎熬着。玄奘默默念着经咒，祈求佛陀保佑他们躲过灾劫。

兴许是佛陀真的听到了玄奘的祈愿，又响了几下梆子声后，巡边的官兵居然掉头折返了。他们没有发现横在葫芦河上的树桥，也没有发现影影绰绰中的两个人和一匹马。

官兵的马蹄声、吆喝声和梆子声渐远渐弱后，玄奘和石磐陀终于长出了一口气。此时他们几欲瘫坐在地，而神经紧绷的枣红马也放松下来，喷了几大口重重的鼻息。

"师父，夜长梦多，谁知道官兵还会不会再来巡查，此处实乃危险之地，不可久留，我们还是尽快过河吧！"石磐陀心有余悸地说道。

玄奘点点头。他小心翼翼地走过杨树桥，来到了葫芦河对岸；石磐陀紧随其后，牵着枣红马亦步亦趋地跟了过来。

担心守军回来，两人不敢歇息，马不停蹄地朝戈壁深处走去。石磐陀说道："此处距离玉门关有十余里，我们继续西行，正好可以绕过玉门关，直抵五烽。"

能躲过玉门关守军的盘查是件求之不得的好事，玄奘甚是赞同，于是他们一口气又往西走了十余里，直至精疲力竭才停歇下来。望着苍茫的夜色，他们确信已经绕过了叫人忧心的玉门关，那些巡边的官兵也不会追至此地。

弦月完全沉入地平线，万千星子愈发显得明亮，它们如银

第七章　磐陀起意

如水，有的甚至能在地上投射下人的影子。

石磐陀找了一处低凹之地，铺上毛毡，让玄奘坐于其上，又递过水囊和馕饼。此番惊险之中，石磐陀的机智、镇定和忠诚让玄奘深铭于怀，眼下见他又如此知礼勤快，玄奘更加感动和欣慰。他庆幸自己收了一个如此出色的徒弟，料想有他一路相随，西行途中一定会顺畅许多。

石磐陀也喝了些凉水，吃了些饼子，然后又给身旁的老马喂了一些水和草料，让它也补充些体力。老马高兴地打了个响鼻，又在石磐陀的脸上蹭了几下表示亲昵。

渡过了葫芦河，绕过了玉门关，接下来就要想法子通过戒备森严的五座烽燧了。石磐陀恭恭敬敬地对玄奘说："师父，五烽的第一烽距离此地尚远，我们明天需要在戈壁荒漠之中赶路。为了积蓄精力，您还是早点儿歇息吧。"

玄奘点点头道："这一日多有劳顿与惊吓，你着实出力不少，必定困倦不堪，也快些睡吧！"

凹地之中仅能容一人躺卧，石磐陀安排玄奘躬下，自己选在十步开外的另一个凹坑中休息。临入睡前，他没有忘记从行李中为玄奘找出棉袍，免得他着了风寒。戈壁之中昼夜温差极大，石磐陀又翻出件厚衣服为自己盖在身上，和衣而眠。

所有的马匹都是站着入睡的，枣红老马用尾巴上的长鬃拍打了几下蝇虫后也像入定了一般，立在玄奘和石磐陀的中间进入梦乡之中。此时从远处看过去，定会以为它是个石马雕像。

茫茫戈壁之中，没有一丝烟尘、半点灯光，这里的星子也远比城中的星子璀璨明亮。一条烟波浩渺的银河横贯夜空，像一双硕大无朋的臂膀，将整片大地和大地中的一切都揽于怀中。

再没有比这里更为寂静荒凉的世界了。微凉的夜风中，石磐陀很快入睡，鼾声起伏。担惊受怕、不堪劳顿的玄奘也蜷缩着身子进入了梦乡。

戈壁之中的气候果真如瓜州城内的那位胡僧所言，白日里骄阳似火，到了夜里却像进入隆冬一般，寒气逼人。

不知什么时候，一阵冷风袭来，在玄奘所卧的浅坑之中打了个旋，立时将玄奘扰醒了。出家人时常夜诵经典，参禅悟法，三更时分醒来也是常有的事。此时，气温骤降，寒气侵肌，玄奘再也无法入睡，只好睁开眼睛看着满天星斗。几个时辰已经过去，星座的位置也有所变化，不过那气势磅礴的北斗七星仍旧闪耀长空，惹人注目。佛陀说宇宙有十方恒河沙，三千大世界，那些星辰之上，是否也都是一个小小的世界呢？

玄奘正苦思冥想之际，突然听到一阵窸窸窣窣的声音，紧接着是非常轻缓的"沙沙"的脚步声，就好像有谁在蹑手蹑脚地走路。

玄奘凛然一惊，侧脸看去，当真有一个人踮脚过来，手中还举着一把长长的大刀。仔细辨识，那人不是石磐陀却又是谁？他手中握着的正是砍树搭桥用的宽刀。

夜半三更，石磐陀举着刀来干什么？玄奘正思忖间，却发

第七章　磐陀起意

现石磐陀快到近前时又掉头回去。更为蹊跷的是，刚刚走出了几步，石磐陀又像心有不甘似的，再一次举着刀走了回来。黑暗之中看不清石磐陀的面孔，但玄奘分明感到阵阵寒意和杀气。站在一旁的枣红马也被惊扰。这匹老马果然通人性，它似乎也觉察到了异样，有些不安地喷了两下鼻息。

老马的响动令石磐陀停了一下，但他马上又蹑步过来。星光耀映之下，刀尖上的那点寒光若隐若现。

佛曰："迷闻经累劫，悟则刹那间。"就在刀光闪动的刹那，玄奘的心头猛地一震，顿感大骇。像是被神明点化了一般，他猜出了石磐陀在深更半夜有如此诡异怪诞举动的原因。石磐陀定是因为之前的惊吓和对未来的艰难险阻的恐惧而心生退意，起了歹意。

玄奘所猜完全正确。石磐陀年纪尚轻，心性未定，受人欺骗，身无分文后的出家决定，多半也只是困顿之中找寻解脱的权宜之计，而追随玄奘前往迢迢万里外的天竺取经求法更是他的冲动之举。他厌倦了买卖场上的唯利是图、尔虞我诈，想受戒诵经，跟着玄奘这样的悟道高僧有一番作为，但他完全没有料到求经之路从一开始就如此险象环生，稍有差池就会性命难保。

听瓜州集市上的老胡人讲五烽戈壁和莫贺延碛的凶险时，石磐陀虽觉可怖，但毕竟没有亲涉其中。今日从巡边士兵眼皮底下死里逃生，他才亲身体会到西行之路的重重危机。

从官兵离去，他牵着老马向戈壁深处疾行的那一刻起，石磐陀便动摇了。一路上他都在思前想后，左右掂量。

"渡过葫芦河、绕过玉门关已经是九死一生，前方还有间隔矗立在茫茫戈壁滩中的五座烽燧。玉门关可以绕过，但那几座烽燧可就很难绕开了，因为六百里戈壁滩上仅有的五处水源就处在五座烽燧之下。要想在火伞高张的戈壁滩中活下去，就得补给饮水；要想取水，只能到烽燧之下；而到了烽燧之下，自然就成为上面守军的活靶子。这几乎是个无解的难题。"

石磐陀又想到了八百里莫贺延碛。老胡人向导所言不虚，上百个人、几十峰骆驼组成的商队从莫贺延碛出来后都七零八落，幸存无几，仅凭两人和一匹老马，怎能够穿过莫贺延碛呢？老胡人说玄奘会有佛陀佑助，多半也只是安慰他的话。那些铤而走险的商队之中也有搭伴而行的僧人，遇到沙暴狂风迷路之后，还不是尸骨不存吗？前往莫贺延碛简直就是白白去送死。

接下来，妻儿的面孔浮现在了石磐陀的眼前。被同乡骗尽钱财后，潦倒落魄的石磐陀很少再顾及家人，但此时他觉得，只要活在世间，即便箪瓢篓空，同妻儿朝夕相伴，享天伦之乐，也未尝不是个好的选择。

"干脆不辞而别！就像之前护送他的那两个沙弥一样，溜之大吉！"石磐陀暗自琢磨："到了休憩地，等玄奘熟睡之后，我就起身偷偷返回瓜州。那匹老马留给玄奘，天明他醒来后寻不到自己的踪影，自然会牵着老马独自赶路的。从此以后他走他

第七章 磐陀起意

的阳关道，我过我的独木桥，互不相欠，再无往来！"

打定主意之后，石磐陀便表现得格外殷勤，又是寻凹坑、铺毡毯，又是递水囊、敬馕饼，目的只有一个，那就是哄得玄奘尽快入睡。

石磐陀自己也劳顿不堪。砍树搭桥，一路奔逃，这些都耗费了他大量的体力。不过由于心中有事，石磐陀不敢让自己睡得太深，他斜躺在小凹坑里，专门找了一块硬邦邦的石头枕着。根据经验，他估计最多不过两个时辰，骤降遽变的气温就会让石头冰冷如铁，将他从睡梦中唤醒。

果不其然，刚至丑时，石磐陀便被头下的凉意扰醒。他悄悄坐起身来，准备一走了之，但突然间又想到一件事情："玄奘人生地不熟，他独自到达首个烽燧后，十之八九会被守兵发现。他若是当场便被乱箭射死也就罢了，但假如士兵将他生擒回去严刑逼供，可就大为不妙了。玄奘只是一介柔弱僧人，他多半会招供出是我营造树桥助他渡过葫芦河又绕过玉门关之事。根据大唐的禁边律令，为偷渡者带路搭桥、提供马匹补给的人会被同罪论处。那个时候，官兵轻而易举地就能在瓜州捉住我，将我定以重罪。"

想到这里，石磐陀又缓缓躺了下来。他得琢磨出一个更为稳妥的法子，一个万全之策。

夜空中有几颗流星划过。石磐陀的脑袋里像钻进了一条毒蛇似的，萌生了一个歹念，这个念头将他自己都吓了一跳。"此地荒无人烟,就算有谁死在这里,直至化为一堆白骨,也不会有人知晓。如果玄奘葬身此处的话,他就没法再继续西行了,也就不会被烽燧上的士兵抓住招供出我了。没有了这个顾虑,我就可以放心地回到瓜州,再做些小本买卖,说不定有朝一日又能够金银满钵。"

虽然从前做过以次充好、坑蒙拐骗的事情,但这谋害性命的勾当,石磐陀却从未干过,心中多少有些骇然。然而一想到守城官兵那副凶神恶煞的模样,他的心中更加骇然。

"玄奘法师活着,我多半就会死;玄奘法师死了,我多半还会活下去。不是玄奘死,就是我死,况且玄奘迟早要被烽燧上的守兵抓住,反正是死,他迟死几日同早死几日又有什么区别?再说,对他这样的慈悲为怀的僧人来说,成全我其实是件功德无量的事情,当年佛陀不就曾舍身饲虎、割肉喂鹰吗?"又前思后想、左右衡量了一番后,石磐陀终于为自己的行为找到了理由和依据。他的心中不再那般激烈挣扎,也不再那般痛苦不堪了。他摸出砍刀,轻手轻脚地摸将过去,生怕在行动之前将玄奘吵醒。

石磐陀高高地举起砍刀,打算到跟前后手起刀落,就此了事。可就在这一刻,他偶尔瞥见了西边天际的一颗星星。那颗星星很亮,仿佛还对他眨了一下眼。石磐陀像是被谁发现了心事一般,心中蓦地一惊。他突然想到了那句老话——举头三尺有神灵,他的所作所为会不会被头顶之上的神灵看到呢?石磐

第七章　磐陀起意

陀曾经听瓜州弥勒寺里的老僧人讲："不知吾人之心，与天地鬼神、诸佛菩萨之心，息息相通。我心虽起一念，天间若雷，暗室亏心，神目如电。"一个人的所思所想，善恶之念，鬼神菩萨都会知晓，哪怕是在暗室之中做的事情，神明的如电之目也会一览无遗。

老僧人还说过，恶有上中下三品，杀生又是上品十恶之首，犯此恶者必堕地狱道。杀僧尚且如此，杀害玄奘这样的悟道高僧自然罪孽更深，业障更重，恐怕要生生世世堕入地狱道中，遭受各种酷刑与折磨。

石磐陀抬头再望那颗星星，仿佛望见了佛陀的如电神目。他不仅股战而栗，握着长刀的手抖个不停，身上也是冷汗涔涔。

佛曰"放下屠刀，立地成佛"，此刻放弃歹念还来得及，石磐陀心虚地掉头往回走；快走到自己的坐卧之处时，不知为何他又犯起愁来："只身溜走也不行，害了玄奘也不行，那只能依照原来的计划，陪伴玄奘前往五烽戈壁和莫贺延碛，可这么做的结果仍旧是死路一条，不是同玄奘双双死在守军的箭下和刀下，就是一同成为莫贺延碛中的一具枯骨。"

想到这里，石磐陀的心念又开始反复。他的脑中如电火行空一般来回思量权衡。就在这短暂的功夫里，石磐陀再次忆起了自己的妻儿。"家中本就四壁空空，没有了自己后，他们便会成为孤儿寡母，日子将更加艰难，说不定还会落魄至沿街乞讨的地步。为了一个刚刚认识不久的僧人搭上自己的性命和妻儿一生的幸福，到底值得吗？心生歹意，谋害高僧自然会引得人神共愤，死后堕入阿鼻地狱，但那毕竟是来世的事情，眼下进退维谷，别无他策，只能行权宜之计了。用不了多久，晨曦就会浮现在天空，那个时候，一意西行的玄奘会不顾死活地朝五烽中的第一烽前进，那时再行动就为时太晚了。"

想到这里，石磐陀居然鬼使神差般地返身回来。这一次他下定决心要手起刀落，结果了玄奘的性命，然后趁天亮之前通过杨树林返回瓜州城。若待到天明，负责巡边的玉门关守兵必然会发现树桥，除了拆掉它之外，定也要加强防备，那个时候再想渡过葫芦河，就难于登天了。

枣红老马的鼻息声令石磐陀顿了一下，也令他的心颤抖了一下，但这一次他无论如何都不会再改变主意了。

刀尖之上的寒光，鬼鬼祟祟的身影，即便在寒夜之中也能感觉到的杀气，这一切已然让玄奘猜出了石磐陀的心思。玄奘并没有惊慌失措，他知道此时最好的对策就是保持镇静，以不变应万变。石磐陀并非是一贯为非作歹的恶人，他不过在生死攸关之际产生动摇，心生歹念，若用凛然正气压过正挟持他的邪恶之气，他多半会放下屠刀的。另外，玄奘知晓自己的求经之行必然充满生死险阻，若石磐陀当真要一意孤行，取人性命，那也只能听天由命。不过，佛陀一定会看到一位自大唐远道而来的僧人的虔诚之举的。

玄奘不动声色地坐起身来，盘起双腿做禅定姿势，喃喃诵

第七章　磐陀起意

起经文来:"善男子。若有众生发心始学是大乘典大涅槃经。书持读诵亦复如是。虽未具足位阶十住则已堕于十住数中……"

暗夜之中,玄奘的诵经之声细弱蚊呐,却像晴天霹雳一般,令举步过来的石磐陀浑身一震,手中的长刀也险些落在地上。石磐陀万万没有想到,玄奘居然醒着,并且在镇定自若地闭目诵经。他刚才分明还和衣熟睡呀!

玄奘在凉州城里开坛讲经的时候,人们都传说他是佛子在世,智慧殊胜,还有人传说他能知过去,能知未来。难道他真的能够预知即将发生的事情,知道有人要取他性命?

石磐陀心中大骇,亏得夜色沉沉,别人瞧不见他的慌乱。此番情形下,他哪有胆量行凶作歹,只好语无伦次地掩饰道:"师父,弟子听到周围有些、有些动静,弟子生怕是野狼猛兽,因而起身、起身来查看一下。这荒无人烟的戈壁滩上常有狼狐出没,弟子唯恐他们伤了师父……"

玄奘在黑暗中轻声说了一句:"无妨,路途劳顿,你安心歇息吧。"言罢,又接着诵起经来。

石磐陀再也难以入眠。终于平静下来后,他偷偷打量着玄奘那清瘦但坚毅的剪影,此时的玄奘,正像是立于荒野之中的一尊古佛。

玄奘就那样一动不动地诵到拂晓。当第一缕金色的晨光投在他的面庞上时,他愈发显得肃穆庄严。

担心自己的恶念已经被玄奘知晓,石磐陀心孤意怯,目光躲闪。但出乎他意料的是，玄奘似乎根本不知晓昨夜发生的事情，神态自若地吩咐他取出水囊和干粮，洗去脸上的尘土后，又嚼了半个馕饼，然后继续向西而行。

太阳升起来后，戈壁滩上的气温开始上升。石磐陀牵着老马，满腹狐疑地跟在玄奘身后，不知他是否已经知道真相。

走出几里地后，已经日上三竿，昨夜里的凄冷像朝露一般荡然无存，取而代之的又是呆呆烈日和滚滚热浪。没过多久，石磐陀便大汗涔涔。

玉门关距离五烽中的第一座烽燧尚有一百余里，一路之上既无树木又无水草，到处都是被烈日烤得无精打采的砾石。随着太阳渐至中天，这里也变得愈加酷热难耐。

又往前走出二里地后，几节枯骨出现在浅蒿砾石之间。起初玄奘和石磐陀以为它们是马骨或骆驼遗骨，当再看到不远处的一个半埋于沙间的骷髅时，他们方知这是人骨。

"阿弥陀佛。"玄奘双手合十，为这不幸的亡者祈祷。谁也不知道他姓甚名谁，当初因何故来到这荒烟蔓草之地，又因何故丢掉了性命，想来多半与酷热干渴和守军的追捕有关。

一路之上，石磐陀都忐忑不安，不知道自己下一步该如何抉择，是改变心意跟着玄奘继续前行，还是在到达第一个烽燧之前伺机除掉他。眼下，望着骷髅黑洞洞的眼坑，一股寒意从脚跟直至头顶，他再一次感受到了入骨入髓的恐惧，这种对生死的恐惧完全压过了他对玄奘的预知能力的恐惧。"如铁般的事

第七章　磐陀起意

实已经摆在了面前，假若跟着玄奘继续走下去的话，结局就同这横卧戈壁的枯骨一模一样。这白森森的骷髅就像是谁专门摆放于此提醒我似的。"因为恐惧，石磐陀心中歹意再起，他佯装一副筋疲力尽的样子，对玄奘说道："师父，天气太热，咱们休息一会儿吧。"

玄奘只得依他坐在地上稍事歇息。石磐陀一向健谈，但今日显得心神不宁，沉默寡言。歇得半刻工夫后，玄奘说："我们继续赶路吧。"但石磐陀却答道："师父，弟子实在过于劳累，您先行一步，我随即就赶上。"

这正是石磐陀刚刚想出的毒计，除了砍树用的砍刀之外，他背的行李里还有弓箭，他打算等玄奘走出几丈后，从背后放箭将其射死。"法师啊，反正您马上就要被烽燧上的士兵用乱箭射死，弗如早行一程救我一条性命。"

"我们还是一同出发吧。"石磐陀没想到自己未能遂愿，玄奘如此答道。

石磐陀再一次怀疑玄奘真的有预卜吉凶的能力，但事已至此，这是他实施计划的唯一机会了。他硬着头皮又坚持道："弟子着实疲倦得紧。师父，您还是缓缓先行吧，坐在原地容易中了暑气。"

玄奘仍旧坚持己见："还是同行为妙，这暑气我耐得住。"

石磐陀昨夜的举动和今日的异常都让玄奘确定他已经有杀人的歹意，因而他猜这定是石磐陀一个阴谋诡计，说什么也不肯独自先行。

玄奘打量着石磐陀，只见他既感无奈又显焦灼，目光之中依稀还有几分杀气，已经同几日前那个悔过自新、一心受戒的年轻胡人判若两人。

玄奘知晓石磐陀中途生变，定是被路上的艰辛和危险所吓到了，但他不明白石磐陀为何会起杀人的念头。

一个执意要对方先行，另一个偏偏不肯，两人一时间僵持在原地，而枣红老马耐心地等在一旁。

眼见石磐陀眼中的杀气越来越重，玄奘干脆将话挑明："西行求经，路途漫漫，其间的凶险别说在你估料之外，就是连我也未曾经受过。既然你怕殁于半途，暴尸荒野，抑或怕连累家人，令其受苦，干脆便回到瓜州罢了。在弥勒寺中你依旧可以诵经学法，只是你刚受五戒就要起弑师的念头，不知是何缘故？"

自己的心思被玄奘洞悉，石磐陀一时间面红耳赤，羞愧难当。事已至此，他干脆不再掩饰什么，径直说道："既然如此，我也就实话实说。刚开始您肯为我授戒，我既欢喜又感激，就想陪您走上一段。原以为十天半月的路程也算不了什么，可谁曾想路上竟如此危险，玉门关和烽燧上都有重兵把守，还有连鸟也难以飞过的莫贺延碛，我们根本不可能活着通过，不被士兵用乱箭射死也会活活渴死在戈壁荒漠中。刚才的那具枯骨就是我们的下场。我死在这里也就罢了，可我家妻儿老小却会从此断了生计,因此,思来想去,我决定还是放弃西行。"

听石磐陀亲口承认自己的私心,玄奘并没有生气,相反,他的目光变得温和起来,石磐陀尚惦记自己的妻儿老小,这说明他良知未泯,善根尚存,并没有完全蜕变为一个恶魔。

"贫僧是在佛前立了'不得真经,绝不生还'的宏誓大愿才踏上求经之路的,不论前方是山是河,是生是死,都要矢志前行,不退一步。你既有牵挂,就回去同你的妻儿团聚吧。俗话说'强扭的瓜不甜',贫僧怎会逼迫你同我一起出生入死呢?只是你既已在佛前受了三皈五戒,就务必要严行恪守,万万不能动辄生邪恶之念。"

石磐陀本以为玄奘会严词训斥,没想到他仍如以前一般不愠不恼,春风化雨。他壮着胆子直视了一下玄奘的眼睛,吃惊地发现里面没有一丝恐惧、怨恨和愤怒,仍然只有纯净、温和与深深的悲悯。这样的目光石磐陀似曾相识,寺院中的那些佛像的目光就是如此。

同玄奘的一视仿佛同佛陀的一视,在那种悲悯却威严无比的力量的穿透下,石磐陀脑中的歹念瞬间灰飞烟灭。他像是一个幡然醒悟的罪人,竟一下子涕泗横流。他哽咽着说道:"弟子并非定要做这伤天害理的事情,弟子担心您孤身前往烽燧后还是会被守军捉住,一旦他们逼您供出是我搭的桥、带的路,那弟子还是会被连罪处死呀……"

玄奘终于明白了石磐陀心生歹念的原因。他搀扶起他,真心诚意地说道:"西行求法是贫僧的夙愿,偷渡越边也是贫僧不得已而为之的举动,同你、同其他人并无半点干系。你砍树造桥,助贫僧渡河,又助贫僧躲过巡边官兵,陪贫僧一路走到这里,贫僧心生感激,又怎会将祸事引至你身?你既受戒于佛门,就该知道出家人不打诳语,贫僧若被五烽士兵捉住,莫说严刑拷打,就是粉身碎骨,也不会供出你的,你大可安心返家,照看妻儿老小。"

言罢,玄奘伸手从布袋里仅有的四个馕饼中取出两个递给石磐陀:"这里距离瓜州城已经很远了,将它们带在路上充饥,早些回到家里吧。"

"师父,我欲加害于您,您却不记仇恨,宽容相待……"石磐陀一下子跪在地上,泣不成声。

玄奘再度扶起他:"此时已近晌午,那座树桥迟早会被发现,每拖延一时,危险便增加一分。你尽快动身返回瓜州吧。虽起恶念,但未行恶念,你的善根终归仍在体内。不必愧疚什么,牢记你已受了五戒,现已是佛门弟子,诸恶莫做,众善奉行,信守五戒,自得光明。"

"弟子决不会再生邪恶念头。弟子真是悔之莫及啊!"石磐陀说。他想了想又问道:"弟子离去之后,师父您孤身一人,何以行走啊?不如您同弟子一同先回瓜州,等上半载仨月,待有前往西域的胡人商队时,同他们结伴而行。"

玄奘摇了摇头:"早一日取得贝叶真经,就可早一日令天下苍生离苦得乐；迟一日取得真经，万千桑梓就会多一日困苦烦恼。求取真经是时不我待的事情，况且仨月半载之后，天气转寒，大雪封路，就更没有法子行走了。贫僧看似孤身子影，实则有诸佛相随，因为他们始终在我心间，纵有千难万险，我也会听见他们的妙语真谛，从而陡生心力。"

说毕，玄奘牵起老马，迈开坚毅的步伐，朝戈壁深处走去。

"师父……保重啊……"望着玄奘离去的背影，石磐陀又一次跪倒在地，泪流满面。接着他又连拜几拜，祈求佛陀菩萨保佑这位弘毅宽仁的高僧能一路平安到达天竺佛国。

从地表袅袅升起的热气中，玄奘和枣红马的身影逐渐变形缩小，最后再也看不见了，只有那苍凉辽阔的地平线，一如既往地横在目之所及之处。

第八章

蜃楼幻影

"穷荒绝漠鸟不飞,万碛千山梦犹懒。"出了玉门关之后,世界仿佛变成了另一个模样,没有城郭,没有乡村,没有炊烟,没有树木,更没有鸡鸣狗吠和人声喧哗,生命在这里成为比黄金白银还要稀罕的珍稀品。

更叫人神智发狂的是,茫茫戈壁之中没有道路,没有可做标志之物,无论走到哪里,无论走多远,都是让人深感绝望的荒凉与孤寂。在这里,能助人辨识方向的,只有日月星辰。

迎着炎炎烈日,玄奘牵着老马一路西行。过了晌午之后,日头像是被谁激怒了一般,将灼热刺目的光与火成堆成堆地倾泻在戈壁滩上,地上热腾腾的空气像野马一般扬鬃奔舞,而那些大大小小的碎石也变得格外烫脚。

玄奘早就汗流浃背,连枣红色的老马也是无精打采。玄奘取出钵盂从羊皮水囊里倒出一钵清水来,自己喝了两口,将剩

第八章　蜃楼幻影

下的都给了老马。取经之路刚刚开始,惠琳、道整和石磐陀就先后离去了。相比起人来,真正能够不计得失、不畏艰辛,真正能做到忠心耿耿、不离不弃的唯有这不能言语的生灵。西行取经的路上,只有枣红马这唯一的伙伴了,从此以后,无论前方有狂风骤沙,还是有刀山火海,只有它能够同玄奘彼此依靠,渡过难关。

枣红马一生中不知经历了多少次荒漠之行,它定也知道主人所带的饮水有限,将钵内的水喝得干干净净后,并没有扬起头来乞求更多的水,而是像个懂事的孩子一般继续低头前行。

烈日和荒滩仿佛故意在捉弄玄奘和老马似的,愈加肆无忌惮,愈加毒燎虐焰。它们像是两个久未见人迹的百无聊赖的恶棍,终于等到一个人和一匹马后,千方百计地折磨他们,刁难他们,看着他们为酷热、干渴和疲劳所袭,侧卧在地,成了无生气的残骸枯骨。

玄奘头昏脑沉,精疲力竭,刚刚饮下去的几口水仿佛灌进了沙中,转眼就没了踪影。烈日和热浪不管这些,仍然像饕餮恶魔一般,吮血劚牙,企图将他和枣红马身上的水分榨得一滴不剩。

玄奘手搭凉棚,不时向远方眺望,然而目之所及,全部是砾石黄沙,渴盼中的烽燧根本见不到踪影。他口干舌燥,脚下如负千斤,步履也蹒跚起来。见到这幅情景,原本走在他身后的老马兀自来到他身前,踽踽而行,仿佛在为他领路,又仿佛在激励他继续前进。

瓜州城内的那位老胡人说枣红马追随了他年近廿载,二十年的时间,若换作马的寿命足有六十年,也就是说,枣红马已经是花甲之年的老者了。

看着毛秃齿豁的老马仍旧一步一步地艰难前行,玄奘打起精神,拭去汗水,紧紧跟在它身后。没多久,黄沙之中又陆陆续续地出现了一些骸骨,它们有的是牲畜的骨头,有的凭借尚存的褴褛碎布可以判断出是人的尸骨。看起来这五烽戈壁绝非徒有虚名,从古至今,不知有多少人没能走出这里,长眠于此。

枣红马并非一直垂首向前,它有时会抬起脑袋,张大眼睛,左顾右盼,仿佛在搜寻什么。令玄奘忧心的是走出一段路后,老马居然偏离西方,径直向南拐去,没走多远,又折向了东。向东而行岂不是南辕北辙了吗?玄奘紧追几步想要勒住老马调转方向,但老马却不从,依旧我行我素。俗话说,瘦死的骆驼比马大,瘦骨嶙峋的老马,力气仍旧比玄奘要大。饥渴交加的玄奘追赶了几次后,便再也追不上它,只能气喘吁吁地跟在它身后。

就在追逐老马的过程中,玄奘渐渐有一个发现,它似乎并不是在戈壁滩中盲目行走,在它走过的地方,要么散落着人畜的骨头,要么有一些破碎的瓷片,要么有几近风化的骆驼粪便。仔细观察一番后,玄奘恍然大悟,有这些遗落之物的地方,正是旧时的人们走过的路线啊!茫茫戈壁看似平坦空旷,

第八章　蜃楼幻影

实则充满了崎岖起伏，单凭日影一直向西根本无法走出去，只有沿着先人们用生命为代价探索出来的路线前进，才能最大限度地减少行走距离，保存体力，走出这片死亡戈壁。毕竟，这里绝无水源，要想补给饮水，必须坚持到达第一座烽燧。

老胡人当初说这匹枣红老马是穿越戈壁大漠的最好帮手，现在看来当真不假。在二十年的漫长时光里，枣红马一定多次在这片赤地千里的大戈壁中艰难跋涉过，它知道那些散落在黄沙之中的残骨和碎瓷片就是最好的路标，寻着它们行走才不会葬身沙海。

玄奘这才放下心来跟在老马身后。再遇到那些几近枯朽的骨头，玄奘心间不胜感慨，这些穿越玉门关外大戈壁的先驱，当初不知是出于什么目的才涉险其中，也许他们是贩卖货物的商人，也许他们是守土戍边的士兵，也许他们也是前往西域寻求真经的僧侣。不论他们究竟为何人，他们都未能如愿以偿，而是倒在了这戈壁瀚海之中。他们用自己的躯体为后人指出了一条生之道路，细想起来当真是功德无量。

玄奘有心掩埋这些半露于沙中的骸骨，但苦于没有足够的体力，假如他在这些事情上消耗体内为数不多的水分的话，注定会因脱水而死，倒在戈壁滩中。他只好边往前走边念《往生咒》，希望这些亡者早得解脱。

到了申时，阳光愈加刺眼，那些黑色和灰色的石子反射着白光，令人头晕目眩。枣红马显然也已精疲力竭了，缓缓停了下来。大戈壁之中没有任何可以遮阴的东西，玄奘只好将包袱举起来，挡在自己和老马的头前。然而只举了一会儿，他便无力地放下了胳膊。

就在这时，玄奘吃了一惊，远处因蒸腾而变形的空气中影影绰绰出现了一队人马。这对人马旌旗猎猎，旄头漫卷，一看就是全副武装的官兵。

官兵们有的骑着战马，有的骑着骆驼，正朝玄奘和枣红马所在的方向走来。玄奘心中大骇，急忙蹲下身来，同时拽着缰绳示意枣红马也跪伏下来。玄奘心想，这一定是玉门关的巡边士兵发现了杨树桥，知道有人偷偷渡河，绕过了关城，因而前来搜捕。

玄奘壮着胆子抬头张望，只见整支队伍足足有一两百人。他心中暗暗叫苦，不明白缉捕他这样一个手无缚鸡之力的僧人，何以需要如此兴师动众，也许他们同凉州都督李大亮一样，也接到了来自长安的通缉公文，他们生怕放走了人，为皇上所责怪，因而倾巢而出，志在必得。

如此多的人马近在咫尺，玄奘知道自己插翅也难逃了。眼下，他唯一能做的就是静等着大队人马搜至跟前。不过，又望了几眼后，玄奘愈加惊讶。他发现了一些蹊跷之处，那队人马的装束不像是银光闪闪、铠甲铮亮的唐军，他们身着翻领大氅，头戴仅露两个眼窝的铁盔，仿佛全然不顾酷暑蒸腾，看样子他们不是突厥的部队，就是吐蕃的部队。可玉门关和五烽之间的这片戈壁，仍然是大唐的疆土啊，突厥人或吐蕃人怎么会出现在这里？难道说他们已经攻破了五烽前来袭击玉门关？玉门关的守军是否知道强敌已经来犯？

玄奘知道自己就在来兵的眼皮底下，不可能跑回玉门关向大唐守军通报这一消息。他又想："这些异族的士兵们抓到我后，多半会逼迫我充当向导带路，那个时候一定要像张骞和苏武一样持节不屈。"

打定主意后，玄奘一边轻诵经文，一边等待着装备齐全的入侵者奔突而来。但他随即又发现了另一个让人困惑之处，外族的军队仍在踊跃奔腾，但一刻钟过去了也没见他们靠近一些，难道他们在原地踏步不成？

玄奘不明其意。就在这个时候，被他拽伏在地上的枣红马重重地喷了两下响鼻，竟然兀自站立起来。

"不可！"玄奘惊慌地叫道，伸手去拽枣红马的笼头。

一向通人性的枣红马，竟然丝毫不睬玄奘，径直朝着突厥兵的队伍走去。

"不可！不可！"玄奘又叫道，接着他起身去追。

枣红马毫不理会，反而加快了脚步。玄奘满头大汗，不明白它何以要自投罗网，或许动物都有亲近同类的本能，在饥渴困顿之中看到突厥士兵骑的那些骠马后，它更希望投奔到它们当中。

那些斗篷飞扬的突厥兵似乎已近在咫尺，但令玄奘大骇的是，就在枣红马即将跟他们打对面时，所有的士兵和他们胯下的骡马、骆驼像是烈日下的泡泡一样，顷刻间消失得无影无踪。

这突如其来的变故令玄奘惊恐失色，怔在原地。但枣红马若无其事地继续向前，就仿佛什么事情也没有发生过一样。

"阿弥陀佛！"惊魂不定的玄奘又诵道。见枣红马已在百米开外，他不得不硬着头皮追去。他仍旧难以置信地四处寻找，但在茫茫戈壁之中，哪有一兵一卒的影子。又向前走了两里地，根据距离判断，这应该就是刚才第一眼看见军队时他们所处的位置。玄奘低下头四处找寻，但地上既无人畜的足印，也无一只弓箭、一把弃刀，只有大大小小的反射着阳光的砾石。士兵们不可能是突然间撤走的，他们仿佛根本就没存在过。

"难道刚才的一切都是我因为干渴和疲劳产生的幻觉？否则的话，如此规模的军队怎可能一瞬间就没了踪影。"玄奘寻思间，见枣红老马仍旧迈步向前。玄奘突然间恍然大悟，刚才所见的一切正是人们所说的蜃楼幻影啊！据说在大漠戈壁之中时常会有这样的虚幻鬼影出现，有人说它们是冤魂显影，也有人说它们是妖魅作祟，但显然枣红老马早就见识过它们，知道它们不过是浮光掠影，不会对人造成任何伤害，因而旁若无人地径直走了过去。

"凡所有相，皆是虚妄。"玄奘这才惊魂稍定，情不自禁地感叹道。

第八章　蜃楼幻影

虽说有惊无险，但刚才的这番经历令玄奘又耗去更多气力，僧袍上留下了一层层的盐渍。眼下人困马乏，太阳却依旧毒辣，玄奘只得将水囊里仅有的那点水取出来同老马分饮掉。

传说中的烽燧仍旧不见踪影，行囊中再没有一滴水可以补充。玄奘不知道还要走多远，也不知道自己和老马还能坚持多久，他的心间像是压上了一座沉甸甸的山。

老马明显也体力不支，步子越来越重，越来越艰难，但它没有停下，仍旧一步一步地朝前挪动，连玄奘也不得不佩服它的忠诚和毅力。

日头像被蛛网粘在了空中一般，久久不愿下坠。不知又往前走了多久，就在玄奘感觉自己视力模糊，头脑中真的要产生幻觉的时刻，太阳的光辉终于收敛了许多，不再那么赫赫炎炎了。

就在此时，一直垂首默默走路的枣红马像是受惊了一般，突然间沉沉地嘶鸣了一声，扬蹄朝前奔去。玄奘吓了一跳，他还未来得及拦阻，枣红马已跑到了数丈开外。

"你要到哪里？是什么惊到了你？"玄奘拖着疲惫不堪的身子朝前追去。

枣红马像是要将仅存的体力全部消耗尽似的，一口气跑出了两里路方才停下来，等着玄奘。玄奘跌跌撞撞总算赶了过去，他正欲责备老马，一瞬间却目瞪口呆。他看到前方几里开外的地方，矗立着一座土黄色的楼台，那不是座烽燧却又是什么？

玄奘喜极而泣，紧紧抱住老马的脖子，口中喃喃地说："你怎知烽燧就在前边？在之前的地方根本就瞅不见它呀！"

老马蹭了蹭玄奘的面庞，像是在回答。

见到了烽燧，就意味着可以补给饮水的水源地近在咫尺了。玄奘总算放下心来，但他想起了出发前老胡人的叮嘱：白日里光线充足，视野极好，很容易被烽燧上的士兵发现，即便要偷水也得等到夜间才行。

尽管口干舌燥，玄奘仍决定待天黑后再去烽燧下偷偷取水。他手搭凉棚，极目远眺，果然在距离烽燧很近的地方发现了一片闪光，那不是一汪湖泊却又是什么？隐隐约约地还能见到湖边的一簇簇绿意，它们在这灰头土脸的戈壁滩中格外显眼，那一定是生长于湖间的芦苇。

通人性的老马没有再往前跑，而是选择在此停下。它一定知晓这里既能够远远瞧见烽燧，又在烽燧上的士兵的目力之外。

玄奘卸下行囊，决定就在原地等候夜幕降临。此刻，他同老马都是饥渴交加，苦盼日落。又踯躅了许久，太阳终于不甘心地西沉下去，戈壁滩也由短暂的金黄变成漆黑一片。

幸运的是今夜并没有皎皎圆月，夜空中除了满天星子外，只有一弯月牙洒下若有若无的清辉。这样的光线下，几丈外的东西便看不清楚了。

玄奘牵起老马，向烽燧所在的方向走去。同样喉焦唇干的老马自然知道他们是要取水，一路上没有发出任何声响，就连四蹄也踩得极轻。

第八章 蜃楼幻影

渐渐靠近烽燧时，玄奘发现上面亮着火把，毫无疑问，这里的确日夜都有守军。湖泊在烽燧的西面，玄奘和老马尽量沿着被狂风吹噬出来的浅沟潜行过去。他们放缓脚步，尽量不发出任何动静。

提心吊胆的玄奘终于来到了小湖边。他让老马停下，朝高高的烽燧上张望了一会儿，又屏息敛声静听了一阵，确信高台上的守兵并没有发现他和老马时，才俯下身，小心翼翼地拨开苇丛。

尽管早就口舌生烟，玄奘并没有即刻饮水，他要严格遵循佛门的戒律。"佛观一滴水，八万四千虫。"每一滴水中都有不计其数的微小生物，佛门讲求众生平等和惜生怜命，因而要求僧人在取水饮水之前，要进行严格的过滤，避免将水中的这些微小生物杀死煮死。

如果仅用储水囊取水，不会发出太大的动静，但若是用滤水囊再将水过滤一遍，必然会有所响动。果然，尽管玄奘轻手轻脚，"咕咚咕咚"的水流相击声还是接连传出，在这寂静如荒的戈壁滩里，更显得清晰可闻。

就在此时，一声尖利的呼啸声传入耳畔，有什么东西擦身而过，落入湖中。玄奘仔细一看，不禁大惊失色，那竟然是一支利箭。还未及玄奘反应过来，又有一支箭射来，差点击中他的膝盖。

紧接着，从烽燧上传来了响亮的吆喝声："何人在此偷水？

站在地上勿动,否则的话,即刻开弓放箭,取你性命!"

玄奘知道自己已被守军发现,连忙叫道:"莫放!莫放!我是个诵经念佛的僧人,从京城长安而来。"

玄奘的话音刚落,几匹战马便从烽燧下飞奔而来,几名士兵将他与老马团团围住,喝令他勿要轻举妄动,之后将他和老马押进烽燧下的营寨中。

一位粗壮敦实的将官早在寨中等候,几名士兵高高举着火把站在他的身旁。

将官上下打量了玄奘一番后,说:"果然是个僧人。"紧接着他又问道:"这里是边陲险地,既无庙宇又无人烟,你来此地做甚?"

同当初落入凉州都督李大亮的手中一样,玄奘自知难以逃脱,但还是如实相告:"贫僧要去天竺佛国求取真经,但西行之路非经过宝地不可。戈壁之中又别无水源,只能冒昧相扰。"

听玄奘这么说,将官面露惊奇之色:"前些日子凉州都督曾发来通缉公文,说有一位法号玄奘的长安僧人意欲偷渡西行,要各个州县关卡务必留意。难道你就是玄奘吗?"

"贫僧正是玄奘!"

将官有些难以置信地上下打量着玄奘:"凉州距离这里甚远,中间又有葫芦河、玉门关和百里戈壁,你只身一人何以通过这些天堑与关卡?你该不是假冒的吧?"

玄奘答道:"我有戒牒在身,大人可以过目。"

第八章　蜃楼幻影

戒牒是由朝廷为正式僧人颁发的身份证明，上面详细标注着僧人的法号和所在寺院。看完玄奘掏出的戒牒后，将官不再怀疑他的身份。

将官再次打量着口唇焦裂、憔悴不堪的玄奘，他的脸上突然间露出一种古怪的神情，这种神情不是刚才的倨傲与威严，而是一种混杂着钦佩、赞叹、感动和惭愧的神情。将官说道："你一路能走到这里真是太不容易了！法师你真的是为了去求经才这么做的吗？"

见将官语气渐缓，玄奘诚恳地答道："大人，你既驻防边陲，一定知道西域国家众多，语言繁杂。大唐的经书多由西域诸国辗转而来，其间错漏和曲解比比皆是。贫僧立志要克服万难，取得天竺真经，将其直译为汉语，令大唐万千苍生得佛法真谛、善念而砥行，离苦而得乐。"

听到这里，将官点点头，态度变得恭敬而热情。他让士兵将玄奘请进屋中，端上茶饼，客客气气地说道："法师，实不相瞒，小吏的老母也是吃斋念佛的居士。小吏虽未皈依佛门，但对你这样的高僧大德还是颇为敬重的。对了，小吏姓王名祥，是玉门关外这第一烽燧的校尉。"

玄奘心中惊喜交加，蒙佛陀佑助，他在身陷困境之时，居然又遇到了一位重礼佛法的人。既然校尉的老母亲是皈依佛门的居士，说不定他会同瓜州城的刺史独孤达和州史李昌一样对自己网开一面呢。

果然，王祥吩咐人为玄奘打来洗脸水，让他濯去尘土；又叫他尽快补充些饮水和食物。劳顿不堪的枣红马，王祥也叫专门饲马的马夫为它备上清水和草料，带它到马厩之中休息。

饥渴交加、几近昏厥的玄奘补充了饮水和食物之后，渐渐恢复了气力与精神，回想在戈壁滩中的干渴、疲劳与无助，真像是一场噩梦。玄奘不禁对王祥施礼答谢。

待玄奘气色渐佳后，王祥犹豫再三，还是开口说道："法师，您为苍生着想，不顾艰难险阻，前去天竺求经，此番大善之行着实令人惊讶。我的家中也供奉着佛陀菩萨，假如我就此将您拦下的话，就怕真的如您所言，会阻碍佛法真义的东传，令天下百姓多蒙八苦，反倒是个大罪过。但眼下叫我为难的是，我早就收到了凉州李都督的捉拿文书，如今已将您捉住，擅自放走的话，就犯下了渎职之过和违命不尊之过，也是桩大罪过啊！"

看王祥焦眉愁眼，苦无良策，玄奘也深感忧虑。

左右为难的王祥用手指敲着脑壳，希望寻出一条两全之策来。也算是功夫不负有心人，突然之间他脑中灵光乍现："法师，我有一条妙计，它既能让您学到精妙高深的佛法，又能让您免于偷渡边境，出生入死。"

"校尉大人请讲。"玄奘将信将疑。

王祥兴冲冲地说道："法师，实不相瞒，我是敦煌人，我的家乡就在敦煌。法师定然知道敦煌也是佛学兴盛之地，那里有

第八章　蜃楼幻影

座莫高窟，修凿了许多佛像，也算是一处佛门圣地。敦煌虽然偏僻，但云集了许多高僧大德，最近又来了一位法号为张皎的法师。他佛法精湛，参禅证悟，又非常钦慕贤德之人，见到您定然会格外高兴。"

"大人是说要将贫僧送至敦煌？"玄奘万万没想到王祥居然想出这样一个匪夷所思的主意。

王祥对自己的这一"妙计"颇为满意，他点点头："不知法师意向如何？"

玄奘又惊又急，连忙站起身来说道："大人，你的这番美意贫僧万万不能接受，个中缘由请大人听贫僧从头道来。贫僧生于东都洛阳，从小敬佛慕道，长大之后游学各处，广参名师。两京的得道高僧和吴蜀的有一技之长的僧人，贫僧无不负笈请教，穷其所解。他们对经典的阐释，贫僧已经悉数掌握，并且能在经文佛理的见解领悟上与他们铢两悉称。如果仅仅是为了成就一己之名，无论是两京还是吴蜀都不比敦煌差，贫僧何必要去敦煌？另外，洛阳和长安的僧众也远比敦煌的多，贫僧何须舍近求远呢？昼夜困扰贫僧，让贫僧深感遗憾的是，佛法虽然已传入华夏六百年，但这六百年间典籍缺失，真义不明，贫僧多方求证，却难以解决，为此才不惜性命，不惮艰危，远赴天竺，寻求真经。倘若贫僧因惧怕危险、怜惜性命而留在敦煌，岂不是自欺欺人，枉负光阴？真若如此的话，贫僧恐会食不甘味、夜不能寐、虽生犹死的。"

王祥没想到自己的建议会被严词拒绝，他瞬时有些恼怒，于是没好气地说道："法师，你违抗圣命，偷渡边境，按照大唐律法，这已经是死罪了。我念及老母敬佛，加之法师你又精通佛法，这才网开一面，让你改道前往敦煌。我冒着被革职甚至丢掉性命的危险，对你法外开恩，你居然毫不领情。"

中途停下放弃西行，这同玄奘的宏誓大愿相去甚远，他无论如何也无法接受，于是很干脆地说道："大人的宽宏大度，贫僧深铭于怀，三生难忘，但若要贫僧改变志向，退缩回去，却是天粟马角，绝无可能。贫僧宁可被羁押收监，就地正法，也绝不东移一步，违背誓言。"

见玄奘如此执着坚定，王祥一时间竟无话可说。受老母的影响，王祥深信因果报应，也从骨子里敬重这些虔诚事佛的高僧大德。他让自己稍事平静，想了想，说："法师何出此言。弟子三生有幸，才得以与法师相逢于此。回头告诉老母，她定然也会心生欢喜。法师在戈壁之中奔波了一整日，想来劳顿不堪，此时夜已深沉，法师还是早些歇息，此事我们待明日再议。"

回到房中，玄奘有些忐忑，不知道王祥明日又会想出什么稀奇古怪的主意，但这一日他着实精疲力竭，思忖之间竟然和衣睡去了。

第二天清晨，令玄奘没有想到的是，王祥亲自为他打来了洗脸水，又端来了热气腾腾的早饭。王祥眼圈发黑，面色无华，像是半宿未眠的样子。

第八章　蜃楼幻影

王祥先劝玄奘吃罢早饭，而后一脸纠结地问道："法师，对于您的何去何从，小吏好生为难，想了半宿，也未拿定主意。若是小吏遵章行事，将您交给凉州都督，兴许您不会被以死罪论处，而是关进监牢；但若是小吏放您西行，恐怕您多半要死在这八百里莫贺延碛中。将您放了，您不保性命的可能性反而更大，这样岂不是害了您？法师，您说小吏究竟该如何是好？您真的一心要去天竺吗？"

玄奘放下碗箸，郑重其事地回答说："贫僧既然出家，就是出烦恼家和生死家，出小家而入大家。贫僧别无他念，唯愿众生能从佛学真谛中得获智慧与觉悟，远离苦海，不生烦恼，心生乐土。贫僧早已置生死于度外，于贫僧而言，倘不能求得真经，利益众生，即便被遣回长安苟且偷生，也与死去无异。倘若心无动摇，矢志西行，即便在求经途中死于莫贺延碛或者冰山雪原，其实也是另一种生，正所谓是死得其所，廓然大悟。"

见玄奘已抱赴死之心西行求经，王祥再无他言，他的脸色也由阴晴不定变为钦敬之至。

王祥说道："既然法师心意已定，小吏就不敢再强留法师了。法师为法忘躯，为民舍身，小吏首肯心折，就算是冒着被革职查办的风险，也要送法师继续西行。照理说小吏应该留法师在此休养几日，养足精神再赶路，但只恐夜长梦多，凉州又发通缉公文，因此只能辛苦法师即日起程。"

"这样甚好，贫僧正有此担忧，唯愿速行。"

王祥精干利落，行事如风。他吩咐马夫给枣红老马喂足草料和清水，又让厨卒为玄奘准备了足够的麨饼，将水囊灌满水，而后亲自将玄奘送出烽燧十里之外。

　　王祥支开随行的两名士兵，小声对玄奘说："法师，前方还有几座烽燧，但第二烽和第三烽的校尉可不是敬佛之人，您一旦落入他们手中，多半凶多吉少，无法再继续西行。"

　　说罢，王祥下马，将玄奘带到几十米外的一条沙沟中。他仍然压低声音说："这是一条鲜有人至的沙沟，也是一条秘密军事通道，沿着沟底走可以绕过第二座烽燧和第三座烽燧，直接到达第四座烽燧。第四座烽燧的校尉和我是同宗的远戚，他姓王名伯陇，虽是个粗人，但心地善良。你到了那里就跟他说是我叫你过去的，他若不信，你将行囊中的面饼递给他一个就行。法师，这条通道乃大唐边境的绝密，意在将来同突厥人作战时发动奇袭，按照大唐律令，边陲守军泄此机密者一律处斩，小吏感动于法师的坚诚之心才告诉法师，唯愿能助法师一臂之力，令您少些险阻，尽快到达天竺佛国。老母常言善恶有报，但愿小吏帮助法师求取真经之行能为七旬老母多积善因，令其长寿康健。"

　　玄奘难掩心中的感激，只觉眼中一湿。他万万没有想到王祥会拼了身家性命来帮助自己，泄露了如此重要的一条信息，而这条沙沟密道真的是雪中送炭，比黄金玉石，比沙漠中的清泉还要珍贵呀，它意味着五烽之中的三座烽燧和三个关卡都可以就此通过。

玄奘双手合十,动容地说:"校尉大人的义举可谓大善之行,必为佛陀所睹,令堂也必为佛陀佑护,长命百岁,乐而无忧。"

言罢,玄奘挥泪同王祥告别。晨光之中,玄奘和枣红老马枯瘦的身影渐行渐远……

第九章

野马之泉

五烽的每一座烽燧都相隔百里,因此,即便是在沙沟之中前行,仍需要行走近三百里的路程。

好在沙沟秘道之中既无守军又无追兵,玄奘和老马不必像之前一样提心吊胆。另外,王祥准备的饮水和干粮也让他们没有饥渴之虑,精打细算的话还是能够勉强坚持到第四座烽燧的。

白日里,玄奘同老马彼此鼓励,相携而行;到夜里,他们拣沙沟中背阴的地方躲避严寒,歇息脚力。这条隐蔽的沙沟一定是某次暴雨冲刷出来的,因而不为人知,也没有被标注在地图上。校尉王祥所言不假,沙沟必须要被严格保密,否则突厥士兵知晓了它的存在的话,就会绕过两座烽燧,长驱直入到达玉门关前。

在沙沟里休憩了两个晚上,又连续行走了两个白天后,玄奘和枣红马终于望见了第四座烽燧。同到达第一座烽燧时一样,此时太阳已经渐渐西坠,阳光中开始渗入金黄。

第九章 野马之泉

因为有王祥的交代,玄奘决定不必等到天黑,也不必偷偷摸摸,他牵着枣红马向烽燧缓缓走去。两天两夜里,皮囊中的水早已经一滴不存,无论是玄奘还是老马又变得喉焦唇干。

老马早早就发现了烽燧下的一汪湖泊,加快脚步奔了过去。沙沟中几无荒草,玄奘知它饥渴难耐,便紧紧跟了过去。到达湖泊跟前时,已是暮色溟濛。

第四座烽燧距离下面的湖泊稍远一些,但烽燧台上的火把依旧清晰可辨。连日劳顿的枣红马将脑袋伸出岸边的苇丛汲起水来。玄奘也准备洗把脸,拂去满脸尘土与劳顿。

就在这时,只听"嗖"的一声,一支冷箭落在了玄奘跟前。紧接着有人在烽燧台上大声喊道:"何人擅取戍防之水?"

这一次玄奘没有惊慌失措。他站起身来,立在原地高声回答:"壮士请勿放箭,贫僧是自京城长安来的僧人,要找王伯陇王大人。"

听到"王伯陇"三个字后,烽燧台上的士兵果然没有再放箭,态度也和气了许多,大声说道:"你且在下面稍等片刻,待我通报王校尉后,自有人将你接进来。"

俄顷,两名士兵过来将玄奘和枣红马带进营内,一位浓眉大眼的校尉在营中等候他,这自然就是王祥所言的远戚王伯陇了。王伯陇比王祥要高大魁梧得多,说起话来也瓮声瓮气。

"我早就接到凉州发来的通缉公文,说有一个和尚偷渡出城,要去天竺求什么经书。你便是那个和尚?"

玄奘双手合十答道："贫僧正是那个和尚，欲借大人烽下之路前往天竺，恳求大人能大开方便之门。贫僧是前面第一座烽燧的校尉王祥大人推荐而来，拜见王大人的。"

"王祥推荐你来见我？"王伯陇似乎有些将信将疑，粗声说道："空口无凭，我怎知你说的是真是假？王祥的名字多有人知，你该不是假借他的名号蒙混过关，想从我这里通过吧？"

"出家人不打诳语，贫僧不敢假传号令，假借名头。"玄奘忙说，接着从行囊中取出一块麨饼来。那是最后一块饼，尽管饥肠辘辘，他一直都没有舍得吃，他记得王祥的叮嘱，知道这是取信于王伯陇之物。

果然，王伯陇接过麨饼后，将它掰为两半，借着火光仔细瞧了一番，然后又咬了一口，在嘴里慢慢咀嚼。

渐渐的，王伯陇的脸上出现了暖意。他点了点头，笑呵呵地说道："这是我那兄弟的饼，只有我们王氏宗族的人才在麨饼里既放茴香又放孜然。看来的确是我兄弟王祥推荐你来的，他定是请我放你一马，让你离开俺这座烽燧继续西行。"

看到王伯陇露出笑容，玄奘也终于放下心来。王伯陇接着说："我知道我那兄弟的老母是个吃斋念佛之人，他多半因为老母的缘故不敢得罪你这样的僧人。不过话说回来，我大唐的每个寺庙里不是都有经书吗，你何必要千里迢迢地去天竺取经？天下的经书难道还有高低上下之别？"

王伯陇是个心直口快的粗人，玄奘对他的话并不介意，详

第九章 野马之泉

详细细地为他解释取经的缘由。王伯陇似懂非懂,但他明白了玄奘取经是为了造福百姓,于是他大大咧咧地说:"和尚,你既然是为了让大唐百姓同天竺百姓一样都能听到菩萨的真言,都能乐呵呵地过日子,本校尉就不能再为难你了。我那兄弟能放得了你,我为何就放不得?莫说革职流放,就是脑袋掉了也不过碗大的疤!我王伯陇就佩服你这样为百姓谋福的善人,痛恨那些鱼肉乡里、欺凌百姓的恶人。"

"王大人善莫大焉。"玄奘连忙揖礼答谢。他看得出王伯陇是位疾恶如仇的正直军官。

同王祥一样,王伯陇安排士兵让玄奘和枣红马好好休憩一夜,又为他准备了饮水、馕饼等。第二天早晨,王伯陇对玄奘说:"法师,你千万不可到第五烽去,第五烽的校尉品行贪吝,脾气暴躁,十有八九会将你就地正法。"

听到此,玄奘的脸上变得焦虑愁苦,口中喃喃地道:"那该如何是好?"

玄奘没想到的是,人高马大的王伯陇环顾一周后,附耳对他悄声说道:"和尚,其实只要能补充上水,第五烽也可绕开。作为大唐的守将,我本该严守机密的,但眼下也只能将它告诉你了。接下来你莫要向西,你向西南方向行百里路,就会发现一个野马泉,那口泉只有我们守将知道,是今后同突厥作战时备用的。这大戈壁之中消耗极大,谁掌握的水源多一些,胜算才会更大一些。在那里可以补充饮水。之后,你再折向正西方，从那里横穿八百里莫贺延碛。和尚，穿得过莫贺延碛的话就进入西域了，莫贺延碛的另一头就是西域的伊吾国。"

同王祥一样，王伯陇为了助玄奘西行，也将最绝密的军事信息告诉了他。玄奘再一次泪湿双眼，如果没有这些正直善良的将官的热心相助，西行之路不知会艰难多少倍。

王伯陇和几名士兵目送着玄奘和老马离去。望着玄奘在风中微微摇摆的孤独身影，一名士兵情不自禁地说道："只怕他过不去莫贺延碛到不了伊吾国，我就从未见过只身一人敢穿越莫贺延碛的。"

另一名士兵附和道："是啊，他还不知道莫贺延碛有多么辽阔，又有多么凶险呢！就连我们这样长期戍边、饱经风沙的人，也未必能只身穿过莫贺延碛。"

王伯陇却摇摇头说："这和尚看似文静柔弱，可他的心比铁还坚硬，要论胆量和意志，我们这些整日舞枪弄棒的大老粗都比不上他。我常听人说，有志者事竟成，这和尚说不定真能蒙佛祖保佑，活着走出莫贺延碛呢！"

几个人望着玄奘和老马消失在了茫茫戈壁之中。

玄奘知晓离开第四座烽燧就等于离开了大唐的边境，从此以后他就真的孤身孑影、无依无靠了；从此以后，他便真的生死由天、祸福难料了。

转过身，在烽燧即将消失在视线之外之际，玄奘跪倒在地，深深叩拜，心中默念："别了，大唐，我一定取得真经

第九章　野马之泉

回来!"

根据太阳在天上的位置,玄奘辨识出西南的所在,牵着枣红老马向前走去。这又是一段艰苦卓绝的行程,这片苍茫的大戈壁比玉门关到第一座烽燧之间的戈壁滩还要荒凉,当真是"平沙无垠,夐不见人""黯兮惨悴,风悲日曛"。另外,玄奘还要承受比那一段行程更为沉重的心理压力,之前经过的烽燧上毕竟有人,而野马泉和接下来的莫贺延碛都是阒寂无人之境。

顶着炎炎烈日,玄奘和老马在漫无边际的戈壁之中艰难前行。这茫茫天地间只有他们是活物。如果能变作一只鹰隼从空中俯瞰下去的话,会有一种奇怪的感觉,那就是仿佛在这苍茫世界中荒凉、孤寂和死亡才是正常之物,倒是玄奘和枣红老马这样闯入的生命才是格格不入的非正常之物。

亏得有之前的两次跋涉经验,在中途休憩了几次,又从水囊中补充了些水分后,玄奘和老马像是两只历经挣扎才摆脱蛛网的小虫,终于走到了暮色将至的时分。根据之前走过的距离判断,他们已经走了百里路程,然而,第四座烽燧校尉王伯陇所言的野马泉并未出现。

玄奘一次次翘首眺望,然而天空中空空荡荡,连朵像样的云彩都没有。戈壁之间同样空无一物,除了死气沉沉的砾石,就是了无声无息的沙粒,或许它们也曾望眼欲穿,渴盼得到泉水雨露的润泽,但最终万念俱灰,在绝望之中沉沉死去。

马或许有超乎寻常的视力,能够发现人眼难及的湖泊;或许它们有不可思议的嗅觉,能够在数里之外就闻到水的气息。前两次枣红马都是相隔甚远就觉察到了水源的所在,于是加快脚步向前奔去。但这一次枣红老马同玄奘一般垂头丧气,很显然周围并没有传说中的野马泉。

要走出莫贺延碛,必须找到水源地补充饮水,否则,穿越大漠真就是痴人说梦。玄奘忧心如捣,不甘心地牵着枣红马,朝西南蹒跚而行,但直至天色全黑也未找到泉水。

难道校尉王伯陇所说的野马泉并不存在,它只是人们在这荒凉戈壁中偶尔瞅见的蜃楼幻影?玄奘不由得猜想,但他马上又否定了自己的这一揣测。王伯陇说野马泉是唐军掌握的秘密水源地,军备作战事关重大,若非亲眼所见、亲手所触、亲口所尝,戍边将士们绝不会将其标记出来的。

接下来,玄奘的心中猛地一紧:"行了百里仍不见野马泉,莫非是我迷了路,走错了方向?从玉门关到第一座烽燧的戈壁滩,老马毕竟走过,因而能循着那些残瓷碎骨识途带路,但从第四座烽燧到野马泉这片戈壁,老马未曾涉足半步,自然也就不知晓正确的方向和路线了。"

想到这里,一团浓重的阴云涌上了玄奘的心头,但他努力拂去它们,竭力安慰自己:"也许方向并未走错,只是因为人和马都过于疲惫,速度慢了许多,待明日再走个十里二十里就能见到水波潋滟的野马泉。"

戈壁滩上的夜空星星点点又亮了起来,它们似乎并不关心

第九章　野马之泉

大地上发生的一切，也并不在乎脚下的这片荒滩上正有两个困顿无助的生命，仍旧明灭闪烁着像是在庆祝什么。

玄奘只能找一处凹地过夜。他铺下毛毡后，枣红马低垂着脑袋，懂事地走到跟前。玄奘的口中像着了火，又像塞满了棱角尖利的沙子，他知道老马一定也是这般干渴难忍，然而水囊之中只剩下半囊水，他不敢动用，只能将它留在明天。

玄奘轻轻抚摸着枣红马的长鬃和脖子，希望能让它好受一些。他多么想将水囊里的水取出给这个生死相依的老伙伴饮用啊！但理智告诉他，一旦这么将水耗尽，明日白昼里的酷热就决计熬不过去了。

玄奘只好强忍着心痛躺下，仰望着天空中晶亮如水的星星和那条如牛奶般闪着白光的天河。也许是过于干渴和疲劳，玄奘竟有些恍惚，他觉得那些星星像是波光粼粼的湖面上闪耀的光点；而那条横贯苍穹的天河，一定波澜汹涌，浩浩荡荡，比黄河、长江和乌江还要雄阔百倍；那些翻腾而起的浪涛和撞击在河岸上的微澜，一定也都晶莹剔透，清凉无比。

枣红马一定也看到了天河中的浩渺之水，它微微仰着脑袋，两只大眼睛中映满了点点星光。

这一夜是如此漫长难熬，尽管温度已经骤降下来，但干渴如同不会轻易熄灭的篝火，仍在玄奘的体内翻腾着燃烧，让他的五脏六腑和口耳鼻舌如同被炙烤着一般烦躁难安。

玄奘时而昏昏沉沉地睡去，时而又被一阵阵莫名的惊悸扰醒。睁开双眼，四顾茫茫，漫天遍野的孤独向他涌来，令他感到茕茕无依，肌慄心悸。幸亏枣红老马一直不离不弃地站在身旁，见他醒来，鼻孔中"突突"地响了两下，这才让他有了些许宽慰。

终于熬到晨曦出现，玄奘匆匆翻起身来，牵着老马继续赶路。他知道若等到日上三竿后，酷热会让路途更加艰难。

这一日，无论是玄奘还是老马，都显得力不从心。他们仿佛是即将散架的木偶，只是凭着惯性跟跟跄跄地向前移动。

太阳越升越高，蛰伏了一夜的热魔苏醒过来，又开始张牙舞爪，席卷一切。在这寸草不生的大戈壁中，它找不到其他可以戏谑的活物，只好继续折磨、捉弄玄奘与枣红马。

走到辰时，校尉王伯陇所说的野马泉仍旧不见踪影，玄奘开始恐慌起来。又耐着性子走到巳时，枣红马突然间不安起来，它的鬃毛竖立，嘴里发出"哎哎"的嘶鸣。

玄奘心中大喜，以为老马发现了野马泉。他翘首四顾，却没有看到一丝湖泊的影子和一点儿苇丛的踪迹。此时他看到的是一样叫人惊心骇目的东西——一具尚未枯朽的马骨。

同类的遗骸总是更容易引起恐惧，尤其是在这百死一生的殊方绝域。这匹马也许是随同主人到来的，也许是自己误闯进戈壁的，它的目的一定也是寻找到戈壁深处的泉水，以便活下去，但很显然它未能如愿以偿，还是被饥饿、焦渴、疲惫与伤痛折磨倒地，至死也没有觅到水源地。

第九章　野马之泉

马的残骸就像是阎罗留下的勾魂贴，又像是死神敲响的警钟。它令坚忍质直、任劳任怨的枣红马真切地感受到了恐慌与绝望。一切再明显不过了，枣红老马并不是因为发现了野马泉而激动，而是因为同类的提醒而惊悸。从骨骼尺寸看，那匹马死前一定是匹身矫体健、正值壮年的好马，连它也未能找到野马泉，这足以说明继续搜寻毫无希望，要么就是野马泉根本不存在，要么就是玄奘真的迷失了方向。

玄奘的心头也变得同山一般沉重，他知道不能再白耗体力往前走了，一百里的路程无论如何已经超过了，再往前走，只能踏上不归之路，同身旁的这匹殁马一样，暴尸荒野。

尽管如此，玄奘还是先将枣红马牵到数丈以外，避免它睹物兴悲。玄奘一边用手轻抚老马的脖颈安慰它，一边轻诵《往生咒》，希望那死于荒无人烟之地的马匹也能够往生极乐世界，不再受尘世饥渴跋涉之苦。

喉焦唇干的玄奘诵经的声音又小又嘶哑，但枣红马仿佛听懂并且从中获得了力量似的，再一次安静下来。

阳光愈发暴戾恣睢，玄奘不得不牵着枣红马来到一处高大的沙丘下面，那里多少有一点儿阴凉。西行以来半载时光已经过去，一路上也遇到了不少险阻困厄，但眼下玄奘还是感到了前所未有的凄惶无助。这里没有宽宏大度的独孤达和李昌，也没有热心相助的王祥和王伯陇，只有不计其数的砾石与沙尘，只有叫人绝望的荒凉与干旱。

极目望去，那些沙石仍在不知疲倦地反射着光亮，它们像是在幸灾乐祸，又像是在张牙舞爪。玄奘清楚这些都是错觉，但此时此刻，他真切地感受到自己和枣红马只是这苍茫戈壁中的两颗砾石，两粒细沙，同样的微不足道，同样的渺若尘埃。

佛说世界如恒河沙数，不知他是否看到了这荒凉戈壁世界中的粒粒枯沙。佛陀无所不察，他的慈悲无所不在，但愿他能够施以佑护。

接下来该何去何从，玄奘茫然无解，但瞅着枣红马皮皱毛脱、心力交瘁的样子，他实在于心不忍。"谁道群生性命微，一般骨肉一般皮。"枣红马同样忍受着巨大的苦痛、折磨和无望，何况它已是垂垂暮年的老马。尽管未来生死难卜，玄奘还是决定将皮囊中仅存的那点儿水取出一些给老马饮用。

水囊就在马背上，玄奘踮起脚尖用力去解捆绑水囊的绳子。经过半天的颠簸，绳子被拉拽得很紧，本就疲惫不堪的玄奘费了半天工夫也没有解开。

通人性的老马知道玄奘要取水，尽管口舌生火，它仍旧克制着自己，没有激动不安，东倒西晃，稳稳当当地立在原地。

反倒是玄奘有些心焦，又忙碌一阵后，绳索终于被解开。玄奘如释重负地长吁一口气，一只手提起水囊，另一只手擦拭满头大汗。

玄奘万万没有想到的是，用右手擦汗的这一小小举动居然酿下了大错。也许是因为劳顿不堪，左手绵软无力，水囊竟猝

第九章　野马之泉

不及防地滑落下去，玄奘大吃一惊，急忙弯下身去抢拾水囊，然而一切已为时太晚，水囊不偏不倚地落在了一块香瓜大小的砾石上。或许是之前玄奘从马背上解开缚住水囊的绳索时连带松动了系在囊口的细绳，水囊竟被撞开，里面的水一泻而出，顷刻间便如轻烟一般无影无踪。

这意想不到的变故令玄奘呆若木鸡，他就像被雷电击中一般，难以置信地望着地上瞬间就干涸的水渍。

紧接着，玄奘又像被第二道闪电劈到一般，从浑噩呆立的状态中迅速醒来。他不顾一切地趴倒在沙地上，捡拾起已经空空荡荡的水囊，将囊口紧紧捏住，就好像里面还有许多珍贵的清水似的。

用细绳将囊口紧紧扎住后，玄奘如泥塑木雕一般立在沙中，他的双颊上竟无声无息地滑过了两行浊泪。

在这茫茫戈壁滩中，水比于阗宝玉都要珍贵，水就是对抗炎热、饥渴与绝望的唯一法宝；水就是摆脱死亡威胁，活着离开此地的唯一杖履；水就是穿过八百里莫贺延碛到达佛国圣地的唯一关牒；水就是实现今生宏愿让真经东传大唐的唯一舟楫。

眼下没有了水，所有这一切都将难以实现。玄奘的心间充满了懊丧、自责与悔恨。枣红马似乎明白发生了什么事情，两只大眼睛中也是浑浊一片，这让玄奘更加愧疚与难过。

玄奘像是被抽去了骨头一般，软绵绵地坐在滚烫的沙地上。枣红马忽闪着大眼睛望着他，下一步将何去何从，它只能听命于他。

"没有找到野马泉反而将仅存的水也丢失了,眼下只能返回第四座烽燧补水,然后再重新寻找野马泉穿越莫贺延碛。"理智告诉玄奘,除此之外别无良策。

玄奘克服着内心的沮丧与疼痛,颤颤悠悠地站起身来,牵起老马沿着来时的足迹往回走去。这一次他们的步伐格外缓慢而沉重,仿佛每一步都在忍受着残酷的煎熬。

走出几里地后,玄奘吃惊地发现他的足印和老马的足印先是模糊难识,接着就完全不见了踪影。不知什么时候,戈壁滩中的风已经将它们抚平了。都说老马识途,玄奘有心让它走在前面领路,但这一次,老马显得无精打采,不肯先行,只有玄奘挪动脚步,它才会勉强跟上。见此情形,玄奘无奈地摇摇头,也许老马已经力不从心,也许仅仅行走一次它也无法记牢来路。

这一情形也让玄奘意识到了一个他之前没有考虑过的问题,那就是既然来时就迷了路无法找到野马泉,说不定返回时也会再次迷路而找不见第四座烽燧,那样的话会更耗费时间和体力。

望着西方的天际线,玄奘不由自主地想起了自己立志西行之际所发的誓言:"不到天竺佛国,决不东移一步,以负先心!"接着他又想起了西行奏请被唐太宗李世民拒绝后自己做的那个神奇的梦:华彩四放的宝山矗立在浪涛凶险的大海之中,

第九章　野马之泉

他奋不顾身跃向海里,本以为必死无疑,却没想到朵朵石莲花从浪中生出,将他托至宝山顶上一睹那蔚为大观的景象。

眼前的这无边戈壁虽无一滴水,却同那茫茫大海一般凶险骇人呀!这大戈壁正是陆地上的能吞噬人的浩瀚大海呀!那气象万千的宝山立于汪洋之中,那光明喜悦的真经遥在戈壁之后。看来这世间的至珍至稀、煌煌大观之物,都不是轻而易举能得到的,都需要人九死不悔、履险蹈危,但也正是这些灰躯糜骨、破死忘生的人,才能够逢凶化吉,拾得至宝。

这是玄奘一生中最为艰难的几个决定之一,然而无论多么艰难,他都得尽快做出,多耗一个时辰,体内的水分就会多失去一些,走出莫贺延碛的希望也就会更渺茫一分。

玄奘闭起双眼,再次想起了梦中的石莲花。或许只要奋不顾身地奔入莫贺延碛中,就会有那神奇的石莲花搭救。想到此处,玄奘下定了决心,那就是调转马头,径直向西穿越八百里莫贺延碛,宁愿向西而死,绝不往东而生。

尽管有梦中的石莲花给予自己强大的信念,玄奘仍然非常清楚,在没有水的情况下闯入莫贺延碛,多半凶多吉少,只是此时别无他法,他只能做好向死而行的准备。

玄奘紧接着做出了第二个决定,那就是让老马寻回烽燧,自己只身进入莫贺延碛。悲悯为怀的他不忍心看着孤苦一生的老马跟着自己葬身沙海,他希望它能有善终。

于是,玄奘取出钵盂放在地上,小心翼翼地取出空瘪的水囊，用力倾倒和挤压，终于倒出了半钵盂幸存下来的清水。

玄奘将钵盂端至老马干裂的唇前，不舍而动容地说："你翻山越沙，含辛茹苦了一辈子，论年龄你算得上是我的长辈呢。眼下我要独自穿过莫贺延碛了，我不能让你跟着我葬送性命。将这点儿水喝掉后，你就想法回到第四座烽燧那里去吧，那校尉王伯陇虽是粗人，但心地善良，你在那里定然不会遭受虐待的。你就是在那里当一匹驮送东西的役马，也比活活渴死在戈壁中强。"

老马低下头饮了一口水，但令玄奘没料到的是，它只饮了这一口便不肯再喝了。玄奘这才悟出来，马通人性，这老马知晓眼下只剩钵盂中这点儿水，它要为主人留一点，所以才没有一口饮干。

患难见真情，玄奘瞬间浊泪纵横，他抱住枣红马的脖颈，久久不能言语。连一匹风烛残年的老马都有此等慈悲之心，这更坚定了玄奘西行取经的决心。如果万千生灵，如果泱泱众生，都有此善根和慧心的话，这世间又怎会还有诸般困苦、灾难与罪孽！

见枣红马不肯喝钵盂内剩余的水，玄奘生怕它又丢失在沙土中，只好将其饮下。仅能没过钵底的水像渗进沙土里一般很快消失在了他的五脏六腑中。

玄奘牵过枣红马，让它头朝东方，拍拍它的脖颈说道："你定能听得懂我的话，此时我们就得分别了，你快些回到烽燧那

第九章　野马之泉

里去吧,切勿再跟着我。世间万物都有各自的使命,你出生入死,伴我来到这戈壁深处,你的使命已经完成了,接下来该我来完成自己的使命了。老伙伴,你上了年岁,回到烽燧那里后驮东西时不要逞能,也不要再那么忍辱负重。好好照顾自己,待我取得真经归来,兴许我们还会再见的。你我既有今日的机缘,也必有来日的机缘。"

言罢,玄奘含泪朝西行而去。走出去没多远,他听到背后有熟悉的脚步声,回头一看,却是老马跟了过来。

玄奘心中既感动又不舍,但还是让老马头东尾西,劝它回去。这一次仅仅走了几十丈,老马又转身追来。

如此这般折腾几次后,玄奘明白老马心意已决,无论如何都不会抛开他独自回去的。玄奘万般感慨,泪落沾襟,最后只得无可奈何地说:"好吧,老伙伴,你既不愿回去,我们就一同进入莫贺延碛,希望佛陀能够保佑你我。如果真有石莲花搭救的话,我也定要与你一同乘坐,不离不弃,同甘共苦。"

就这样,拖着疲惫的身躯,玄奘和枣红老马一前一后地向正西方的八百里莫贺延碛迈去。

第十章

莫贺延碛

那莫贺延碛又称八百里瀚海，东靠北山，西峙天山，正是两座山之间的数百里阔的豁口。就因为是豁口，这里干旱多风，赤地千里，当真是目无飞鸟，下无走兽，复无水草，四顾茫然。

太阳早已升过中天，整个戈壁都被笼罩在一片炽亮之中。空气像是出窍的灵魂，在地面上剧烈地抖动着。玄奘的嘴唇已经干裂结痂，喉咙里更像是被塞进了一团火。滚烫的地表和遍地的砾石早就令他的布鞋破烂不堪，他的脚踝也已经肿胀变形。

玄奘这才领会到了莫贺延碛的狰狞可怖，瓜州城内的胡商和老胡人所言不虚，这里的确是一片有进无出的死亡之地。玄奘感觉自己仿佛走进了一个巨大无比的熔炉里，又仿佛走进了烈焰熊熊的地狱中，那炽热的光线和热浪时时刻刻包裹着他，压榨着他，要将他体内的每一滴水都榨干。

第十章　莫贺延碛

玄奘的眼睛因为无所不在的反光而极度疲劳，他也变得恍恍惚惚，几乎忘记了自己身在何处，又要朝何方行走。这个时候，玄奘意识到枣红马留下来是一件多么幸运的事情，这匹瘦骨嶙峋的老马，两天一夜来只饮了一口水，它同样步履艰难，就像是在拖着一个沉甸甸的石碾在行走，但它始终神志清醒，朝着太阳注定西斜的方向一尺一寸地挪去。

不知走了多久，玄奘已经能感觉到自己的血液变得黏稠，它们也在艰难地蠕动着。与此同时，脚下的沙子和顶上的阳光似乎也变得黏稠，玄奘每抬起一步都要付出巨大的代价。就在玄奘摇摇欲坠之时，黏稠的阳光又变得金灿而有重量，黄昏终于降临了。

玄奘实在没有气力再挑拣休憩之地，像座倒塌的老屋一般瘫在旁边一个浅坑里。老马也停下脚步，将头深垂下来。好在它没有卧倒在地。对于饥乏交加或病痛缠身的骡马来说，一旦躺下，多半就再难起来了。

此刻玄奘最渴盼的莫过于水了，然而他知道，寸草不生的莫贺延碛比他还要干渴，在这里不会有一滴水的存在，他只好又仰望着天上的星星，猜它们是否是天河泛出的粼光。

行囊中还有两个放有茴香和孜然的馕饼，那是校尉王伯陇和王祥的祖传家饼。尽管口干唇裂，玄奘清楚自己和老马仍得进食，不然的话是没有足够的体力走出莫贺延碛的。玄奘取出一个囊饼，掰成两半，留给自己一半，将另一半递给枣红马。

口中早就难以生津，在没有一滴水的情况下去咽囊饼简直是一种折磨，不过有过穿越莫贺延碛经验的枣红马似乎也知晓补充食物的重要性，强迫自己一点儿一点儿地嚼食囊饼。

望着枣红马愈显瘦弱的身影，玄奘的心中无比难过。从前它都是跟着百余人的商队通过莫贺延碛的，虽然辛苦，但起码有水可饮，有麦可食，还有同行的骡马、骆驼相伴，这一次一定是它最困难、最艰苦的一次穿越莫贺延碛之行，也不知道它能否再次全身而出。

天色彻底黑了下来。这里的夜晚比玉门关外的夜晚和沙沟密道中的夜晚还要黑。

就在玄奘渐感疲劳昏昏欲睡之际，猛然间，他被眼前出现的东西吓了一跳。那是一团星星点点的蓝色的火光，它们忽明忽亮，时而如绽放的烟花，时而如将熄的蜡烛。最让人困惑的是它们还忽隐忽现，这一刻分明近在咫尺，转眼间又远在一里之外。它们就若鬼魅一般跳跃不息，难以琢磨。

玄奘从未见过如此离奇骇人的景象，身上一阵瘆冷，头皮也微微发麻。他蓦地想起瓜州城内的胡商所说的话，莫贺延碛有四大邪异之处，其中之一就是冤魂乱舞。胡商说这些冤魂会将擅入莫贺延碛的人团团围住，并且呼喊他们的名字，假如不小心答应了的话，就会被摄走魂魄。

玄奘目不转睛地盯着这些飘忽不定的幽蓝火光。枣红马也察觉到了异样，略显紧张地打量着它们，或许枣红马之前就见过这些火光，但这一次它仍感到不安。

"难道它们就是传说当中的鬼火狐鸣和阴风魅影？"玄奘思忖道。同胡商所言略有不同的是，这些难以琢磨的魅影并没有呼喊玄奘的名字，也没有发出任何声响，它们就那样无声无息地跳跃、闪烁着，不知疲倦。

尽管如此，玄奘仍决定以正气来面对邪气，以不变来应对万变。他盘腿坐定，单举右掌，紧闭双眼，诵起了《般若心经》。

"依般若波罗蜜多故，心无挂碍。无挂碍故，无有恐怖……"

玄奘就这样翕动着干裂的嘴唇，一遍又一遍地诵着经文，直至忘记了时间的流逝，也忘记了自己的所在，更忘记了面前的魑魅魍魉。

不知什么时候，枣红马发出两声响鼻，仿佛在提醒玄奘什么。玄奘睁开双眼，竟发现那些蓝色的火光已经消失不见了，仿佛从来没有存在过一般。

"阿弥陀佛！"玄奘长舒了一口气，感激地诵道。

就在这时，玄奘感到一阵透骨入髓的寒冷。白日里这里像一个密不透风的蒸笼，没有一丝风吹过，但夜里一股股冷风像偷食的狼群一般阵阵袭来，带走人身上的热量。玄奘和枣红马终于体会到了瓜州胡商所说的莫贺延碛的第二个邪异之处，那就是昼夜温差的极度悬殊。莫贺延碛的夜晚果真比玉门关的戈壁和沙沟密道的夜晚寒冷得多。玄奘不得不将所有的棉袍、毡毯都裹在身上，而枣红马似乎知道他衣不避寒，默默来到他跟前，用自己的体温为他取暖。

玄奘与枣红马彼此相偎着，刺骨的寒意终于被驱散了不少。此时已过丑时，气势磅礴的天河又横贯苍穹。在它的周围玄奘认出了许多星宿，北斗星君、太白金星，它们都远比在洛阳时看到的明亮耀眼。玄奘还记得在陈村，在他年纪尚小的时候，母亲时常会教他辨识星宿。这些星宿的位置丝毫没有变化，但陈村已经物是人非，母亲和父亲都不在人间了。

又迎来了拂晓。随着东方天际光线的逐渐增强，严寒也一点一点地退去了，酷热开始接替它统治这里的一切。

玄奘本想起身继续赶路，但发现自己头重脚轻，身体竟不听使唤。他竭力挣扎着站起来，两条腿像几近朽烂的柱子一般，晃晃悠悠地苦苦支撑着身体的重量，腿上的肌肉和身体其他部分的肌肉都如同被千万根银针扎过一般麻木不堪，而五脏六腑更是火烧火燎，它们都在呼唤一个字——水。

再望向远处的戈壁，玄奘的眼前居然金星点点。他终于知道两天两夜几乎滴水未进的结果了。无论他有多么强大的心力，身体已经严重透支，力不从心了。

玄奘心中暗暗叫苦，只好又坐下来等待积攒些体力后再出发。这个时候，他看到不远处有一堆白骨，像是某个在此遇难的商队留下的遗骸。玄奘终于明白了，昨夜里的那些忽明忽暗的鬼火其实是这些残骨产生的磷火。瓜州城内的老胡人说过，冒险穿越莫贺延碛的商队大都损兵折将，那些因迷路饥渴而死

第十章　莫贺延碛

的人、马、骆驼永远地留在戈壁之中后，其骸骨中的磷因天气干燥而自燃。白日里这些自燃产生的火光看不清楚，但一到晚上就清晰可辨了。至于它们飘忽不定，那一定同戈壁上的风有关系。

日上三竿后，垂首站立着的老马突然间抬起头来，紧接着发出一声嘶鸣。玄奘睁眼张望，不禁目瞪口呆。灰黄色的戈壁尽头居然出现了一道拔地倚天的黑色巨墙。那巨墙并不是静止的，而是以肉眼能够看出来的速度向他们所在的方向移动。

玄奘从未见过如此撼人心魄的景象。他勉强站起身，继续好奇地打量，但老马却又紧张地嘶鸣几声，仿佛在警告他。随着巨墙的渐渐推进，玄奘终于看得更清楚了，那墙实际上不是墙，而是黑色的滔天巨浪，它正翻滚着，咆哮着，席卷而来。

巨浪尚未到跟前，一股股劲风已经袭来，将玄奘吹得东倒西歪。这个时候他才反应过来，这正是胡商所说的沙尘暴——莫贺延碛中的另一邪异之处！

思忖间，一阵沙粒已经先行袭来，像冰雹一样重重地砸在玄奘的脸上和身上，打得他生疼。玄奘叫了声"不好"，急忙用僧袍遮住面庞俯身坐下。与此同时，更多的沙粒和碎石如暴雨一般倾泻而下，枣红马也不得不来到浅坑中伏身卧下。

那黑色尘浪的速度远比想象中快得多，顷刻之间它便呼啸而至。土黄色的戈壁滩和灰蓝的天空都在瞬间变成漆黑一团。叱咤暗呜的狂风似乎将大戈壁上的所有沙石都卷了起来，裹挟其中，又将它们怒气冲冲地砸在所有途经之物上。或许是出于经验，老马闭上眼睛将口鼻藏在前胯之间。玄奘紧贴老马俯身，用厚厚的棉袍将自己的脑袋与老马的脑袋盖住，并用双手死死捏住衣角，不让它被狂风掀起。

尽管如此，浓重的尘土味儿仍呛得玄奘几乎难以呼吸。而在他们的身上，铺天盖地的沙尘暴一边鬼哭狼嚎，一边片刻不停地砸下更多的沙石。即使有棉袍相隔，玄奘仍感到被人狠狠击打般的疼痛。小小的棉袍难以盖住老马的身体，玄奘一直担心它会不会被沙石所伤，能不能扛过这可怖的尘暴。

这才是莫贺延碛的真实面貌。它处在两座大山的豁口之处，狂风与沙尘暴是这里的家常便饭。

玄奘与枣红马相互依靠，一同在狂飙之中苦苦煎熬。他们本就严重缺水，无孔不入的沙尘涌进口鼻之后令他们更加苦痛难安。

天昏地暗、沙尘肆虐的情形不知持续了多久，终于，那宛若无数冤魂齐声号泣的呼啸弱了下去，打在身上的沙石也越来越稀疏无力。大约又过了半个时辰，莫贺延碛恢复了以往的静寂。

玄奘掀开棉袍，同老马一前一后挣扎着站了起来，沙尘暴果然去无踪影了，阳光重新炙烤着茫茫戈壁。大风吹走了旧的沙石，又带来了新的沙石，这里的一切依然如故。

玄奘顾不得清理口鼻中的沙尘，先去察看老马，所幸的

第十章 莫贺延碛

是，除了皮毛愈加稀疏，并且被碎石击出几处小伤口外，它并无大碍。

从吞天沃日的尘暴之中幸存下来，这令玄奘多少有些宽慰，然而，接下来的现实又叫他愁上心头。

大风过去，烈日继续耀武扬威，莫贺延碛又变成了流金铄石的炼狱。没有水分的补充，无论是玄奘还是老马，都已经耗尽了几乎全部体力，刚才与狂风沙尘的苦苦相搏更是榨光了他们仅存的一点力气。

玄奘尝试了几次，都软绵绵地瘫坐在地上，就连耐力极强的枣红马也再度卧在沙中。玄奘几乎心如雨泣了，西行以来，他第一次如此真切地感到万念俱灰。眼下既找不到水源，又无力再继续西行，难道自己真的如同老胡人和胡商所言，要葬身在这呼天天不应，叫地地不灵的莫贺延碛中吗？

玄奘又看看伏地而卧的枣红马，出人意料的是它仍旧安之若素，没有显得惶惶不安，而是伏着头，间或眨一下硕大的眼睛。再仔细打量，玄奘发现老马选择的躺卧之处，正好位于沙丘所遮挡的一小处阴凉下。

玄奘犹若醍醐灌顶，老马并非因病痛难挨或心死如灰卧在这里，它是选择合适的地方，尽可能地减少水分的蒸发和体力的耗损，静等机会的出现。或许在它这一生的跋涉穿越中也遇到过类似的困境，它没有盲目挣扎，也没有彻底绝望，而是怀抱着最后一丝希望等候路过商队的救援。这是经验丰富的它在最坏的情况下做出的最好的选择。

此行固然没有其他队员前来相救,但老马保存体力、不轻易绝望的姿态,还是给了玄奘极大的鼓舞。他决定学习老马的经验,避开炽热的阳光,紧靠在沙丘底部打坐,最大限度地减少体力的消耗,静候那梦中的石莲花的出现。

终于又到了夜里。这一次,玄奘没有再见到那诡谲不定的磷火,但他听到了一些若有若无的奇怪的声音。那些声音像是一个人在笑,又像是一群人在笑,细听过去,又觉得它时而像一只兽在笑,时而像一群兽在笑。那笑不是开心善意的笑,而是幸灾乐祸的狞笑,仿佛因为他和老马的即将死去而高兴。玄奘甩甩脑袋,想摆脱这些非人非兽阴森可怖的声音,可丝毫无济于事,仿佛有一群鬼魅像食腐的鹰鹫一般守在他和老马跟前。

玄奘此时已经发不出声了,他只好在心间诵念《心经》:"观自在菩萨,行深般若波罗蜜多时,照见五蕴皆空,度一切苦厄……"

或许《心经》真的起了作用,那些奇怪的声音逐渐弱了下去,一个更加清晰的声音出现在耳畔:"祎儿……娘在生你的时候曾经做过一个梦……有一位面带光芒的少年骑着一匹白马向西而去……他真像是长大后的你呢……"

玄奘吃了一惊,这是娘在去世之前拉着他的手说的话呀。娘已经不在人世了,她的声音怎么会出现在这里呢?玄奘环顾四望,可到处都是一片黢黑,哪里有娘的影子;再侧耳聆听,

第十章 莫贺延碛

又只有叫人发疯的死寂了。

接下来,玄奘开始哆嗦,不知是因为寒冷还是因为虚弱。他能感觉到紧靠在身旁的枣红马也在发颤,这个不离不弃的老伙伴也在同绝望、死亡苦苦抗争。

整整一夜,玄奘分不清自己是醒是眠。他又陆续听到一些嘈杂的声音,但已经难以辨清它们了。他似乎只听清了其中的两句,那是瓜州的胡商和老胡人说过的话:"我劝你还是三思而后行啊,毕竟那是性命交关的事情。""不听老人言,吃亏在眼前,法师还是勿以性命为儿戏,早早折返为妙。"

接下来的一天一夜里,玄奘真切地触到了死亡。除了斜倚在沙丘上外,他已经一动不能动了。他的体能已到了强弩之末,血液变得同沥青一般黏稠,它无法再流向四肢,让它们听命活动,也无法再流至头脑中,让其灵敏善察。热浪滚滚之中,玄奘仍像害了风寒一般颤抖个不停,他感觉呼吸越来越费力,眼前也变得模模糊糊。

最让玄奘感到恐慌的是,那烂熟于胸的《心经》居然有好几句记不起来了,他无法再完整地诵出它来。出家之人怎可忘了佛门经典?玄奘努力回忆,但就是想不起来,他感觉自己的大脑就像脚下的戈壁一般干旱焦枯,了无生机,又像那些沉甸甸的砾石一样滚烫灼人。

晌午时分,玄奘看到一位身着衲衣的人出现在远处扭曲舞动的空气中,缓缓向这里走来。他正是瓜州弥勒寺甲的胡僧达摩啊。玄奘绝处逢生，喜极而泣，待达摩走近些后，他大声问："法师你可背有水囊？请施些水与我和老马吧！"

玄奘没想到达摩高声答道："要水有何用？自有白莲助你们离开此地。"

言罢，胡僧达摩从后背取下来一朵硕大无朋、光明似月的白莲来。玄奘大喜过望，伸出双手去接白莲。然而就在他的手指触到莲梗的那一刻，圣洁如玉的白莲一下子消失不见了，就连一脸祥和的胡僧也没了踪影。

胡僧和白莲不可能是戈壁中的蜃楼幻影，玄奘知道自己开始出现了幻觉。据说油尽灯枯、濒临死亡的人都会出现各种各样的幻觉，他们会看到渴望已久的东西，还会见到早已过世的亲朋。

果然，在这漫长难熬的第四个夜晚，玄奘再一次出现了幻觉。他看到了母亲宋氏，她又变得年轻健康，拉着一个几岁大的孩童去看空前盛大的迎接舍利仪式，那个满脸稚气、双眼炯炯的男童正是玄奘自己啊！玄奘激动地走上前同他们打招呼，但他们只是对他友善地一笑，便挤进了熙熙攘攘的人流里。玄奘又看到了父亲陈惠，他为国家的前途而忧心，翻看那些诗书经典直至深夜。夜里常有阴风，玄奘想取件衣物披在他的身上，取来时却发现他已经沉沉地浮在了案几上。

后半夜里，玄奘再度在严重的幻觉中见到了父母，他们笑语盈盈地站在一条水波荡漾的小河旁。玄奘牵着枣红马向河边

第十章 莫贺延碛

走去,想向父母借一个取水用的木瓢,但出乎意料的是他们非但摆手不借,还示意他和枣红马快些转身离开。

困惑不解的玄奘只得万分失落地折返。接下来,幻象消失,他终于在凄冷孤寂的莫贺延碛昏昏睡去。

再次醒来,玄奘发现自己已经完全看不清东西了,严重的缺水让他的视觉和听觉都开始一点点地丧失,这正是人濒临死亡的前兆。到了此刻,玄奘已经不再期待会有神奇的石莲花来助他渡过此劫了,他也不再期盼莫贺延碛里会天降奇迹,落下雨来,要知道这片不毛之地,千百年来几乎未曾落过一滴雨。

身旁的枣红马也双眼浑浊,形容枯槁,它距离死亡同样不远了。玄奘知道,自己无法站立起来,无法走出莫贺延碛,更无法到达那朝思暮念的天竺佛国了。曾经他立下了"不至佛国,绝不生还"的誓言;曾经他心若磐石,矢志不渝,但眼下,这些信念和决心正被莫贺延碛的酷暑烈日一点点地熔化蒸发。

生平头一次,玄奘感到了侵骨入髓的绝望,不是因为无人搭救,自己即将死去,而是因为佛陀没有看到他求取真经正法的决心和行动,没有施以援手,让佛法真谛得以东传。

愈加升高的气温让玄奘就快要丧失意识。他似乎意识到了这一点,用尽最后力气祈祷道:"玄奘此行不求财利,无冀名誉,但为无上正法来耳,仰惟菩萨慈念群生,以救苦为务,此为苦矣,宁不知耶?"

怀着最后一丝希望,玄奘向传说中的千手千眼、能察识世间一切苦厄的菩萨祈求加持:"我的这一行途既不为名又不为利,只为了求得无上正法,泽被天下苍生,菩萨您向来慈悲为怀,怜悯众生,广施恩泽,救苦救难,可如今我身陷莫贺延碛,已经断水几日,距离鬼门关只有半步之遥了,菩萨您难道就不曾看到吗?"

祈祷完后,玄奘像是完成了最后的心愿,平静地伏在沙地上等待着死亡的降临。模模糊糊地看到身旁忠心耿耿的枣红马,他心焉如割,眼前更加恍惚。

说来奇怪,不知道是错觉还是真有其事,蒸笼一般的莫贺延碛上突然刮来一阵风,它不是那种云屯席卷的沙尘暴,而是和煦凉爽的轻风。这阵阵凉风如同具有起死回生的力量一般,驱走了蹑脚走来的死神,竟让玄奘又如回光返照一般沉沉地入睡了。他没有留意到旁边的枣红马似乎破天荒地抬了一下头。

昏昏沉沉的睡梦中,玄奘居然做了一个梦,这个梦很短但很完整,不似前两夜的幻觉那般支离破碎。在梦中一位身高数丈、金盔金甲、手握长戟、表情凶恶、犹若巨灵神一般的神明来到他跟前,一边用力挥舞起长戟,一边有些气恼地说:"你为何还在此昏睡?为何不站起身来再行一段?"

问罢,那大神竟不由分说举起手中沉甸甸的长戟砸将下来。玄奘大吃一惊,瞬间从梦中醒来。这时候,他看到一直躺卧在地的枣红马竟然站起身来,守在他身旁。

尽管仍旧弱如扶病,但这离奇之梦还是带给玄奘极大的震

第十章　莫贺延碛

撼，他竭尽全力，摇摇晃晃地站起来，半扶着老马，踉踉跄跄地向西迈步行去。好在凉风仍未彻底消散，这使得他和枣红马多少好受一些，否则的话，他们绝无可能再站起来前行。

玄奘一边艰难行走，一边琢磨刚才这个梦的含义。他不明白自己为什么会在绝境之中做这样一个荒诞的梦，难道它真的有所寓示吗？不知道老马是否也是因为同样的梦而站立起来，继续前行。

老马格外体恤玄奘，每走几步就停下来等他一会儿，它知道他早已是精力衰竭，最后它干脆让他拽着自己的尾巴。

就这样挣扎着走出几里地后，老马突然像被蝎子蜇了一般加速向前跑去。玄奘跌倒在地上，他不明白枣红马为何突然间有了如此大的力气。像是催促玄奘似的，老马扬起脖子长嘶了一声，又停下来等他。玄奘意识到了有什么非同寻常的事情发生，于是拼命爬将起来，又拽住了老马的尾巴。这一次，老马拖着玄奘又跑出了几里路，它仿佛在孤注一掷，要燃尽自己最后的生命做一件事情。

老马终于气喘吁吁地停下来后，玄奘再次倒在一座沙丘上。就在他几近昏厥的时候，不经意的一瞥让他热泪盈眶。

那是他望眼欲穿、苦苦乞求的泉水啊！那簇簇芦苇形成的若隐若现的绿意，在这寸草不生的莫贺延碛中像宝石一般闪动着光亮。是啊，在这地狱般的荒漠中，那汪熠熠闪亮的清水就是光明喜悦的天堂啊！

有那么一瞬，玄奘担心出现在眼前的只是幻觉或是蜃楼幻影，但老马跃入湖中激起的清亮、欢畅的"哗哗"声，让他相信一切不是梦幻。在经历了四天四夜滴水未进的地狱般的重重折磨和漫长煎熬之后，他终于见到了盛开的莲花，看到了生之希望。死里逃生的老马继续在湖中欢蹦乱跳，玄奘再一次泪如泉涌。他将双手扎进沙中，嘴中喃喃地说着："我佛慈悲，我佛慈悲！"

玄奘浑身战栗着爬到了湖边，哆哆嗦嗦地伸出手从湖里掬起一掌清水。直至此时他都难以相信它真的就在眼前。这是一处不大的湖泊，湖岸边生长着苇丛，还有一棵遒劲苍老的沙枣树。湖水被层层细沙过滤得很干净，晶亮得就像是皎皎的月光。若非亲眼所见，真难以相信，在这死亡瀚海，在这八百里莫贺延碛中，居然有这样一处生命之泉。它定然不是校尉王伯陇所说的野马泉，或许从古至今一直就无人知晓它的存在。守边的士兵们不知晓，闯入的商队不知晓，否则的话，他们也不会葬身莫贺延碛。

当第一口凛冽甘甜的湖水沾上干裂结痂的嘴唇时，生命随之也进入了玄奘的身体，上苍将它又返还给了他，让他重新拥有了气力、精神、希望、志向和西行的勇气。这涟漪轻漾、银光点点的湖泊正是自己梦中的能助人渡过死亡之海的石莲花，正是弥勒寺的胡僧梦中的能载人翩然西去的神奇莲花啊！

在清澈见底的湖水中，玄奘瞧见了自己的倒影，他几乎认

第十章 莫贺延碛

不出自己了:双眼深陷,两颊枯瘦,满面憔悴,几无人形。

洗去眼中、鼻中、耳中和脸上的尘土后,玄奘站起身来回望苍凉无垠的莫贺延碛,他真不敢相信自己居然和老马走了如此之远,并且渡过了生死难关。再望向西方,眼前仍是茫茫戈壁,但玄奘知道它们将不再可怕了,有了充足的饮水,彻底走出八百里莫贺延碛,只是指日可待的事情。

在湖边歇息了一日后,玄奘和枣红马终于摆脱了极度虚弱的状态,湖岸边新鲜的苇草让枣红马迅速补足了体力,它似乎又变成了一匹年轻健壮的骏马。

饮足清水,又将水囊灌得满满当当后,玄奘和枣红马感激而不舍地回望了一眼那不知名的湖泊,信心十足地向西迈去。枣红马仰天嘶鸣了几声,仿佛是在同湖泊道别。假如它此生再次踏入莫贺延碛的话,一定会牢牢记得这里有一处救命之泉。

第十一章

高昌绝食

又经过三个昼夜的艰难跋涉后,玄奘和枣红马确信自己终于走出了莫贺延碛,因为他们看到了稀稀拉拉的胡杨林,又见到了一座规模很小的寺庙。

有庙就有人烟,杳无人迹、鸡犬不闻的莫贺延碛终于被抛在了身后。历经了三天的艰苦行走,水囊中的水已经一滴不剩了,玄奘和枣红马再度口渴难耐,他决定到寺庙中讨些水喝。

有一位似是胡人的小沙弥正在寺庙外扫地。玄奘上前行礼说道:"小法师,打扰了,贫僧自长安而来,刚刚穿过八百里莫贺延碛,人倦马乏,饥渴相煎,不知能否在贵寺讨些水喝?"

"你从长安而来,刚刚穿过莫贺延碛?"小沙弥上下打量着玄奘和枣红马,难以置信地问道。

"正是如此。"玄奘答道。

小沙弥接下来的举动出乎玄奘的意料,他竟将玄奘和枣红

第十一章　高昌绝食

马丢在一边，风风火火地向寺庙里跑去。他跑到偏房之中，气喘吁吁地对正在休息的年长僧人说道："师父，师父，出大事了……"

"何事如此慌张？"老僧有些不满。

"一位僧人……牵着一匹老马……他说自己从长安城而来，刚刚穿过了莫贺延碛……"小沙弥上气不接下气地说。

"从长安而来的僧人？"听闻此言，老僧居然像被雷电击中一般翻起身来，他连衲衣也顾不上套，鞋子也顾不上穿，就匆匆朝寺院外跑去。

小沙弥所言不虚，果然有一位汉僧和一匹老马立在山门之外。

老僧的双手颤抖着，脸上露出悲喜交集的神情，最后居然泪流满面。他上前几步抱住玄奘，口中呜咽着说："阿弥陀佛，老衲来伊吾已有三十载，没想到今生今世还能再见到家乡的人，老僧还以为此生再也难闻乡音了呢。"

从老僧的话中，玄奘才知道他已经来到了西域的伊吾国，这是紧邻莫贺延碛的一个小国，也是离大唐最近的西域国家。老僧是多年前随商队辗转来到伊吾的，由于受八百里莫贺延碛的阻隔，加之战事不断，兵荒马乱，大唐又颁布了极其严苛的禁边令，这些年来几乎再没有故土的汉人出现在伊吾。蓦地见到从家乡远道而来的人，老僧当真是又惊又喜，感慨万千。

听闻玄奘仅有一匹老马相随，孤身一人穿越九死一生的莫贺延碛，老僧更是为之动容，钦佩有加。他亲自为玄奘准备饮水和斋饭，又让沙弥好生照料老马。

接下来，老僧将玄奘到来的事情报告了伊吾国国王。在他的心目中，玄奘已经是神明一般的人物了，客居伊吾的三十年间，他从未听闻有哪个人能够单人匹马穿过茫茫莫贺延碛。

"今有大唐神僧只身穿过莫贺延碛前往天竺佛国。神僧途经我国，稍事停留实乃幸事也。我伊吾黎民若得神僧点化，必离祸得福，世代兴盛。恳请我王能以国礼迎接圣僧，并开办法会，邀神僧开坛讲经。"老僧如此向伊吾国国王介绍道。

伊吾国国王熟知周边地理，听闻玄奘孤身穿过令人望而生畏的莫贺延碛，也是颇感惊讶。他点头说："若非是神僧，决计无法只身通过莫贺延碛，我等不可怠慢，要隆重迎接神僧才行。"

于是，伊吾国国王将玄奘迎至王宫中盛情款待，伊吾国的王公大臣也都前来拜访。与此同时，神僧穿过莫贺延碛自东而来的事情传遍了伊吾国的大街小巷，当地的胡僧和百姓蜂拥而至，守在王宫前希望能亲睹神僧的真容，亲耳聆听神僧的教诲！

就在伊吾国国王叫人布置完毕，玄奘准备为伊吾国的百姓开坛讲经的时候，发生了一件意想不到的事情。

有神僧穿过莫贺延碛来到伊吾国之事被传得沸沸扬扬，也传到了伊吾国邻国高昌国国王的耳中。

高昌国位于今天的新疆吐鲁番盆地，自西汉起便是一处军事要塞，汉武帝曾在那里设郡置县，因而高昌一直是西域诸国中人口稠密、规模较大的一个国家。高昌国几经争夺，最后被

第十一章　高昌绝食

来自中原的麴氏家族所统治。

麴氏王朝对高昌国的统治已经延续了百年，眼下的国王姓麴名文泰。

西域诸国还有一个别称，那就是"西域三十六佛国"，大大小小三十多个国家大都信仰或者信仰过佛教。麴文泰刚好笃信佛教，相信得神佛佑护能让自己的国家国泰民安，千秋万世。听闻伊吾国来了一位神僧后，麴文泰立马差遣使者赶到伊吾国王宫，要将神僧接至高昌国讲经说法。

就算讲经也有先来后到之分，但伊吾国只是一个兵微将寡的弹丸小国，伊吾国国王不敢得罪势力强大的高昌国国王麴文泰，只好忍痛将玄奘交给高昌使者。

高昌使者早有准备，带来了由几十名护卫和几十匹好马组成的队伍，目的就是将玄奘安全接至高昌。

虽是邻国，但高昌国同伊吾国仍相隔遥远，它们中间隔着另一片荒漠戈壁——南碛沙漠。刚刚死里逃生的玄奘对戈壁大漠充满忌惮，另外，他原本打算出伊吾向北取道可汗浮屠，再至葱岭的。据说葱岭以西的国家需有西突厥可汗的公验才会放人通行，因此，玄奘计划的下一站是可汗浮屠，西突厥可汗就住在那里。但若到了高昌国就得改变路线，先至龟兹，再经疏勒到达葱岭，而且中途还得翻越常年积雪的高山。

遗憾的是，伊吾国国王不敢得罪高昌国国王麴文泰，他对玄奘说道："高昌国人口众多，兵强马壮，西域的多个国家都唯其马首是瞻。法师若不肯去的话，惹恼了高昌国国王，伊吾恐有灭顶之灾、灭国之忧啊！届时兵马一到，生灵涂炭。此外，法师的西行取经必也受到阻碍，若他强行将你羁押，你如何得往西行半步？"

麴文泰派来的使者也劝说玄奘："我高昌乃西突厥的姻亲之国，高昌公主嫁给了西突厥可汗的长子，帮你获取公验一事不费吹灰之力。"

无奈之下，玄奘只得随着高昌使者前往高昌国。那横卧在伊吾与高昌之间的南碛沙漠，果然也是一片千里无烟的不毛之地，不过它没有莫贺延碛那般辽阔凶险，也没有狂风、流沙、磷火等诸般诡异，最为重要的是，高昌使者所带的卫队准备了充足的补给，他们也知晓南碛沙漠中的每一处水源在哪里。就这样，玄奘和枣红马一路上再没有受到饥渴的折磨，玄奘还被安排骑在一匹身形矫健的高头大马上，这也极大地节省了他的体力。

枣红马亦步亦趋地跟在玄奘身后。一路上，他们见到了犹若蜃楼幻影一般的魔鬼城，它们是千万年来被风吹噬出的奇形怪状的土丘；他们还见到了楼兰古城，昔日里繁盛一时的楼兰古国，如今只剩下残垣废址和满目荒凉，这更让玄奘感到了世事的无常，也更坚定了他西行取经的决心。佛陀当年因感悟到人生的无常，于是舍弃荣华出家修道，最终成就了佛学。玄奘希望自己也能够精进不懈，完成此行大愿，让佛法真谛东

第十一章　高昌绝食

传大唐。

经过六天的远行,玄奘和使者一行终于到达了高昌国境内的白力城。此时已是深夜,使者本打算安排玄奘在此休息,但他接到通知,高昌王迫不及待要见到大唐高僧,使者于是带领玄奘连夜赶往王城。

白力城距离王城并不算远,使者准备了一匹高头大马让玄奘坐在上面,护送他前往王城。

到达王城跟前时,玄奘吃惊地发现,南城门大开,门前灯火通明,烟烛交织,侍者和文武官员齐整地立在入城的道路两旁;而道路正中,一位身着华服、头戴王冠的中年人正在翘首期盼,他自然就是高昌国国王麴文泰了。

高昌国的礼遇规格甚至超过了伊吾国,这让玄奘多少有些惶恐。未及玄奘下马,麴文泰已经快步走到跟前,揖礼说道:"弟子麴文泰在此静候法师。"身后的文武官员和侍者们也都纷纷行礼。

一国之君竟以弟子自称,这使玄奘颇感不安,他连忙还礼道:"阿弥陀佛,玄奘只是一介寒僧,怎敢劳大王久候至深夜,实在是惭愧不可言!"

"法师自谦了,"麴文泰说道,"弟子早就听闻法师只身穿过了八百里莫贺延碛,若非是蒙佛陀菩萨怜顾的神僧,怎能有这般本事?法师能来敝国实乃我高昌子民之大幸啊!"

玄奘想解释自己能活着走出莫贺延碛,要归功于经验丰富的老马,是它发现了一处不为人知的清泉,但麴文泰又抢先说道:"弟子自从听说法师即将来到后,欢喜得废寝忘食,只盼你能够早日穿过那南碛沙漠。弟子每日都派人前去打听法师的行程,听闻法师已到达白力城后,当真欣喜若狂,连白天也等不到了。"

接下来,高昌国的王子、太妃、太后以及文武大臣都前来拜见玄奘,一直持续到了天际拂晓。

穿越南碛沙漠本就舟车劳顿,这番走马灯似的拜见更令玄奘疲倦不堪。直至鸡鸣之声传来,麴文泰和王公大臣们才总算离去。

玄奘知晓自己不能睡得太久,只休息了一个时辰便匆匆醒来。他听到门外似乎有嘈嘈切切的说话声,于是推开门来。眼前的一切令玄奘大吃一惊,高昌王麴文泰以及王公大臣等正在门外静候。见到玄奘后,麴文泰施礼问道:"法师可睡得踏实?弟子在此静候法师洗漱进斋。"

玄奘此生何曾见过如此场面,受到过如此礼遇,简直有些不知所措,慌忙说道:"阿弥陀佛,玄奘岂敢受此大礼!"

麴文泰将玄奘安置在王宫里的重阁宝帐中,一连几天都是以国礼隆重以待,让皇亲国戚、王公大臣轮番拜见,还让高昌国最有威望的高僧轮番前来讨教。

这样过得几日后,玄奘开始变得焦躁不安。尽管高昌王的盛情相待令他感激不已,但前方路途迢迢,他得抓紧时间继续

第十一章　高昌绝食

西行。

高昌王麴文泰定也知晓玄奘此行的目的是去天竺求取真经，可他始终不提此事，只是整日殷勤款待。玄奘几次向侍者、大臣和高僧打听通行文牒的事情，他们都支支吾吾，左言他顾。

又过得数日，那些时令瓜果和乳酪醍醐都变得啖之无味。玄奘心急如焚，像热锅上的蚂蚁一样来回踱步，片刻难安。假如再这样耽搁下去，暑去秋来，寒冬降临，西域沿途变得天寒地冻，滴水成冰，那个时候可就真的难以成行了。

想到此处，玄奘愈加焦急，他收拾行囊，向高昌王派来的两位高僧坚决辞行。不得已，两位高僧只得将高昌王麴文泰匆匆请来。

麴文泰执意挽留玄奘。他说道："弟子对法师敬仰之至，想必法师也都看在了眼里。高昌虽是蕞尔小国，地贫人稀，难以同长安和大唐相提并论，但亦有上百座寺庙和三千名僧人，还有规模宏伟的石窟造像。这些僧人都可以手执经卷、侍奉左右，这些佛窟也可以供法师参禅修行。法师如果留在高昌的话，弟子将倾举国之力供养法师，并令举国僧俗听从法师教诲。"

听闻麴文泰此言，玄奘大吃一惊，高昌王这些日子以来一直不提发放关牒之事，竟是为了叫他留下来。

换作其他僧人，能被一个国家以举国之力来供养，那是莫大的荣耀。但玄奘丝毫不为所动。他慌忙说道："万万不可！贫僧此行并非为求供养而来。贫僧穿越大漠，舍命西行，是为了求取佛国真经，使佛学真谛普润于大唐，让大乘甘露普洒于华夏。眼下路途尚未过半，岂可贪图供养，中途辍止？还望大王发牒放行，不再以羁留供养为念。"

到了这一步，麴文泰只好开诚布公地说："弟子的先祖本也居于华夏，弟子其实也是汉人。十余年之前，弟子曾有幸随父王前往中原，亲睹了长安城和洛阳城的繁华壮丽、车水马龙，也感受了大隋的和风大化和万千气象。父王回来之后便颁下旨令，要高昌举国上下一律摒弃旧习，师从大隋，变夷为夏，唯有如此，才可令高昌国昌盛繁荣，中兴于世。法师可能已经瞧见，高昌的人民从发式到穿着都在模仿中原，就连弟子的王宫也是模仿长安和洛阳的皇宫而建。弟子继位之后，大隋已变为大唐，弟子秉承父王志向，牢记父王遗训，坚持让所有子民削衽曳裙，袭缨解辫，弃毡氀而居屋室，去陋习而养风华。弟子苦心经营，励精图治，但仍苦于缺少一位既熟知大唐遗俗，又精通三藏宝典的高人来全力辅佐。法师正是这样的高人，正是弟子在佛前日夜祈求、苦思苦盼的导师啊！有了法师的教诲与引导，高昌国必得泱泱大唐之风骨，屹立于西域诸国。还望法师能知弟子微心，不再以西行为念。"

听闻此言，玄奘知晓了麴文泰是一位既有远见卓识又有雄才大略的君王，为了高昌国的繁盛与强大，他不惜屈尊降贵，也不惜躬身亲伺，可谓是其情拳拳，其心皎皎。然而留在高昌

第十一章　高昌绝食

同玄奘的初心相去甚远，他还是拒绝道："大王励精图治，其心诚哉！大王热心挽留，贫僧也甚是感激，但长留高昌有违贫僧初衷，非贫僧西行之本意，故贫僧实难从命。还望大王另选贤能，辅佐朝政，建宏图大业。"

麴文泰挽留玄奘是经过认真考虑的，也是为了深图远算，兴邦强国。高昌的子民大都信仰佛教，由玄奘这样一位既精通佛学经典，又有穿越莫贺延碛神奇经历的高僧来教诲他们移风易俗，学习大唐，将会有意想不到的效果，所有的人都会对他言听计从，大大加快高昌变革中兴的步伐。因此，尽管玄奘再三推辞，麴文泰还是不肯轻易放弃。为了让玄奘看到自己的决心，麴文泰正色说道："弟子留法师的诚意日月可表，天地可鉴。纵使葱岭可移，弟子的心意也绝不会改变半分。"

见麴文泰态度如此坚决，玄奘深恐他将自己强留，于是也表明自己的决心："贫僧为求法而西行，法既未得，贫僧绝不会就此止步，半途而废。"

麴文泰没想到看似柔弱的玄奘却如此倔强，身为一国之尊的他再也难以克制自己的怒气，一反往日的恭敬，厉声说道："法师还是务请留下为妙！在你面前只有两条路可选，要么留在高昌，要么被弟子遣返大唐。"

听闻"遣返"二字，玄奘犹若被雷霆击中，一时间目瞪口呆。从凉州到瓜州，从葫芦河到玉门关，从五烽到莫贺延碛，他经历诸般险阻，可谓九死一生，如若再被遣返回去，西行求经的大愿就如枯木生花、天粟马角一般难以实现了。

想到此，玄奘不禁悲从心来。他泪落双颊，发下誓言："贫僧西行只为求法，不想中途受阻。即便如此，贫僧仍不改初心，大王或许可以强留下贫僧的身躯或尸骨，但绝无法留下贫僧的西行之心。"

听玄奘发此重誓，麴文泰拂袖离去。

麴文泰心中恼火，但仍希望玄奘能回心转意，每日依旧盛情款待玄奘，而且让供养更加丰盛，礼节更加周到。除了早晚间好道安外，麴文泰甚至亲自托着餐盘在一旁伺候。

"纵然你是铁石心肠，迟早也会被本王的一片热诚所感化，我就没见过不能熔化的铁和不能熔化的石头。"麴文泰心里这样想，并下定决心要一直如此盛情，直至玄奘答应留下来。

"倘若不能取得真经，普度众生，纵然这般锦衣玉食地活在世间又有何意义？都说铁杵可磨，磐石可穿，但玄奘的西行之心比那铁杵和磐石还要坚硬。"玄奘看出了麴文泰的用意，他思来想去，最后认定对付高昌王麴文泰强留软挽的法子只有一个，那就是绝食。唯有以生命为赌注，才能让麴文泰看到自己的西行之志。

这是一个不容易做出的决定，四天四夜滴水未进，险些饥渴而死葬身莫贺延碛的经历犹在眼前，绝食就意味着要再度踏上那生死难卜的地狱之行。

在莫贺延碛忍受那钻心噬骨的饥渴折磨，是因为那里寸草

第十一章　高昌绝食

不生，滴水难寻；在高昌国忍受入肌入髓的饿羸之痛，眼前却尽是美馔佳肴，醍醐乳酥。然而，除此之外，再无良策。像在莫贺延碛的沙丘下一样，玄奘轻诵了一遍《心经》后，闭目端坐，盘腿入定。"既然我能在那飞沙走石、杳无人烟的莫贺延碛度过厄困，就一定也能在这丰饶富足、熙来攘往的高昌越过险阻。莫贺延碛的肆虐和高昌王的执拗，都是那汹涌大海，唯有奋不顾身，向死而生，方才能得获石莲花，绝处逢生，走出困厄。"

打定主意之后，玄奘便对那些清水甘醴和玉盘珍馐不理不睬。

头一天，麴文泰对玄奘的举动并不以为然，心想他不过是在赌气。第二天，见玄奘仍旧滴水未进、粒米未沾，麴文泰多少有些不安，但他仍心存侥幸，认为玄奘挨不过饥饿，马上就会开口进食。然而到了第三天，看到玄奘仍如一尊佛像一般，结跏趺坐，纹丝不动，麴文泰不禁心中大骇。"纵然玄奘是善于神定、意志坚强的高僧，像这般连续三天一口不食，也会有性命之忧呀！高昌国的百姓们都知道玄奘是孤身孑影穿过莫贺延碛的神僧，倘若神僧真的有个三长两短，岂不是桩天大的罪过，别说神佛不容，就连高昌子民也会将罪责怪到本王身上的，他们定会议论纷纷，说是本王逼死了大唐高僧。"

想到此，麴文泰心中忐忑不安。他长叹一口气，一时间竟不知所措。麴文泰仰天长叹是有其原因的。

麴文泰想让玄奘留下来担任高昌国的精神导师，带领高昌子民们学习大唐风化仪俗确为真意，但还有一件事他没有告诉玄奘，那就是看似强盛繁荣的高昌国正面临着前所未有的危机。在西域诸国中，高昌的势力强盛，鳌头独占，但近些年来，东边的大隋结束了中原朝权割据、战争纷飞的状态，成为一个政权统一、地域辽阔的国家。大隋后为大唐所灭，新诞生的大唐展现出更为开阔的气象和更为昌盛的国运。新主李世民志向远大，运筹帷幄，据说正在韬光养晦，养兵蓄马，准备与东突厥一决高下。东、西突厥正处在高昌国的两边。虽说突厥分裂成为东、西两部，但他们每一个都兵强马壮、占地广阔。东突厥颉利可汗这几年来野心陡增，觊觎中原，频频以打猎为由侵扰大唐边境，甚至曾带二十万大军打到了长安城前。

东突厥颉利可汗一直在养精蓄锐，等候与大唐一决雌雄。为此他要求西域各国包括高昌国在内，都要归附东突厥，纳贡称臣。让麴文泰深感为难的是，大唐方面也有同样的意愿，曾派出使者劝说他依附大唐，共同对付东突厥。

高昌王麴文泰面临着最终的抉择：是归附大唐，还是归附东突厥。对于麴文泰来说这并不是个轻而易举能做出的选择，因为眼下大唐和东突厥旗鼓相当，谁也难料他们之中谁会输谁会赢，任何一个选择都有可能导致高昌亡国亡家，他没有选择但恰巧打赢了的一方，定会讨伐高昌，实施报复。

从亲疏上讲，高昌同突厥有过姻亲；但从长远考虑，目睹过中原气象的麴文泰，更倾向于向大唐学习文化习俗，让高昌

第十一章　高昌绝食

子民以开放的思想和开阔的胸襟兴国振邦。

大唐同东突厥的决战是迟早的事情，麴文泰左右为难，举棋不定。玄奘的不期而至让他喜出望外，一方面，他的确想借玄奘的身份与传奇经历教化国民；另一方面，他想留下玄奘，从他这里得到有关大唐的更多细节与情报，以便再次权衡，做出最后的抉择。麴文泰本以为以礼相待，玄奘便会感恩戴德，就此留下，没想到这位貌似文弱的僧人一意西行，甚至不惜以死相拒。

绝食到第三天后，那犹如在地狱中遭受酷刑的感觉玄奘再次体会了一遍。他头晕目眩，虚弱不堪，浑身的血液时而变得冰冷如霜，时而变得滚烫如火，五脏六腑则像被千万根针扎一般痛楚，它们在用这种方式呐喊与抗议。

玄奘知晓，这里同莫贺延碛不一样，这里的食物和清水就在面前，他甚至能闻到它们散发出来的阵阵香味儿。然而，玄奘清楚，自己决不能伸手去触，他必须忘记它们的存在。在其他时候它们是救命的琼浆佳肴，但此时此刻它们却是西行路上的重山魔障，只要触碰它们，前往天竺的大志就会瞬间成为泡影。

在极度的饥渴与虚弱中，玄奘又开始出现幻觉。他看到枣红老马变得骨瘦嶙峋，毛落鬃脱，与在莫贺延碛时一般憔悴。高昌王命手下取来新鲜的草料和满桶的饮水，但它居然毫不理睬，拖着沉甸甸的步伐向前挪去。"老伙计，你要去哪里？"玄奘问道，并追了上去，但枣红马竟也不睬他，自顾垂首前行，将他远远甩在身后。

玄奘紧追不上,心中大惊,这才从浑浑噩噩的幻境中醒来。不知为什么,这幻视幻听中的老马,竟给了玄奘莫大的力量。当初在莫贺延碛中,就是无怨无悔、默默前行的老马给了他无限勇气。玄奘决心燃尽身上所有气力,哪怕真的就此死去,也要奋力跃入那饥苦之海。

就这样,玄奘挨过了第四个夜晚。翌日清晨,高昌王麴文泰见到玄奘时吓了一跳,他已经奄奄一息,不成人形,但放在面前的食物和清水仍旧未动一口。

麴文泰望着目陷面枯的玄奘,感到了前所未有的震撼与惶遽。即使是盛气凌人的突厥可汗带兵压境时,他都没有如此慌乱失措过。仿佛是一瞬间,他明白了玄奘能只身穿越八百里莫贺延碛的原因。在这位大唐僧人的身上有一种霜不能凌、雪不能压甚至连死亡也不能恐吓的意志,只要这种意志还在,玄奘即便活活饿死也不会低首下心,留在高昌的。

麴文泰知道自己是这场对峙的失败者,而玄奘如果真的因绝食圆寂的话,自己会输得更惨。高昌国没能得到导师,其他西域国家也会指责高昌王逼死神僧。此外,高昌的黎民百姓同样会议论纷纷。权衡之下,麴文泰只得改变计划,对玄奘说道:"弟子不再强留法师,任法师西去取经,请法师快些进些水米吧!"

听闻麴文泰此言,玄奘将信将疑,他担心这只是麴文泰的

第十一章 高昌绝食

缓兵之计,一旦他开始进食,精神恢复,麴文泰又会软硬兼施,强行留人。于是,玄奘气咽声丝地问道:"你可愿……可愿……指日发誓?"

麴文泰答道:"弟子乃一国之主,焉能言而无信?弟子愿在佛前起誓。"

对于信佛之人来说,在佛像之前起誓比指日起誓更为郑重,玄奘对麴文泰的话又信了几分。为了让玄奘彻底放心,麴文泰又对他说:"弟子与法师也算累世有缘,不如我俩在佛前结为兄弟,就由太妃做个见证。"

于是,在太妃张氏面前,玄奘与麴文泰燃香礼拜,结拜为异姓兄弟,玄奘成为麴文泰的御弟。四天四夜以来玄奘终于第一次食下了一碗清粥,再次从死亡的边缘回来了。

麴文泰果然言出必行。他开始马不停蹄地让人为玄奘准备西行的物资,同时他还提出了一个小小的要求,那就是等玄奘取经回来时,在高昌停留三年接受供养,为高昌僧俗讲解真经。见麴文泰如此恳切又如此真诚,玄奘爽快地答应了。

在麴文泰准备物资之际,玄奘为高昌国的僧侣大臣以及普通百姓讲经说法,引得万民空巷。

一个月之后,麴文泰为玄奘准备了一支由25名挑夫、30匹马和4名年轻沙弥组成的队伍陪伴他西行。马队共携带有黄金百两、银钱3万、绫罗绸缎500匹作为玄奘西行取经的路费。按照当时的物价,一匹马不过是40文银钱。麴文泰送给玄奘的金银就相当于1500匹良马，这些财物足够他整整20年的路费。可以说麴文泰是举国家之力在帮助玄奘，虽然没能留下玄奘，但他丝毫不计前嫌，把他当作自己的亲弟弟来对待。麴文泰心怀宽广，深思长计，一诺千金，这也正是他能将高昌国治理成西域强国的原因之一。

除了脚夫和沙弥，麴文泰又派殿中侍御史欢信将玄奘护送到可汗浮屠。更令玄奘感动的是，为了让他一路顺利过境，麴文泰亲笔给他西行路上要经过的二十四个国家的国王各写了一封信，并附上绫缎一匹作为礼物，希望他们能为玄奘提供方便。

麴文泰远比玄奘了解西域的风土地理和政经形势。他知道，这二十四个西域小国多半会像伊吾国一样见信放行，但西突厥统叶护可汗未必认可。于是，他又专门准备了五百匹绫缎和两车甘果作为礼品，同时又尽量放低姿态，以近乎恳求的语气给西突厥统叶护可汗写了一封信："玄奘法师乃奴弟，今欲往婆罗门国求法，途经西方各国，愿可汗怜师如怜奴，仍请敕以西诸国给邬落马，递送出境。"

邬落马就是驿站的意思，麴文泰以奴仆的身份自称，目的就是恳求西突厥统叶护可汗能为玄奘提供驿站，并放行让他西去。

启程离别之际，麴文泰率队送行至城外十里，满怀感激的玄奘同他抱头痛哭，洒泪而别。玄奘幼年失怙失恃，被迫栖身佛门，一生之中何曾受过如此礼遇，有过如此真情。回想自己

第十一章　高昌绝食

独自一人的艰辛，再望向这规模庞大的马队，玄奘心中无限感慨，从今以后他再也不用只身上路，再也不必以一己之力同各种险阻苦苦相搏。得益于这位"御兄"的慷慨相助，西行之路不知会顺利多少倍。

一路上的艰难坎坷，让玄奘格外珍惜能雪中送炭、施以援手的人。对于麴文泰倾尽国力的相助，玄奘无以为报，他暗下决心待取回真经，返回大唐途经高昌国时，为高昌国讲经三年，祈愿高昌国国泰民安。

第十二章

亡命凌山

离开高昌国后,玄奘的队伍来到了西域的焉耆国。焉耆地广人稀,又不似高昌那般物阜民丰,治安良好,常有强盗出没。在带队的殿中侍御史欢信的提醒下,所有人都提高了警惕。

到达焉耆国的银山后已近黄昏,玄奘一行准备扎营休憩,待明日继续赶路。这时,他们遇到了一支由十几个胡人和二十多匹骡马、骆驼组成的商队。

听闻焉耆多有盗贼昼伏夜出,玄奘担心胡商们的安全,劝说他们道:"夜间行路多有叵测,不如同宿于此,明日结伴赶路,队伍的规模越大,盗贼们越不敢轻举妄动。"

哪料胡商的头儿拒绝了玄奘的好心,他说道:"你我井水不犯河水,我们自赶我们的路。"言罢便带着整支商队匆匆上路了。

殿中侍御史欢信对玄奘说:"法师,他们以为我们也是支商队呢。见我们的人马数量多,他们担心生意会被抢了,因而顾

第十二章 亡命凌山

不得休息，快马加鞭连夜赶路。"

第二天，玄奘一行来到一处干涸的河谷时，看到一幅骇目惊心的景象，几峰浑身是血的骆驼卧倒在地，在它们旁边还横七竖八地躺着十几具尸首，仔细看去，正是昨夜所遇的商队中的胡人。胡商们所载的货物尽数不翼而飞，显然他们夜间赶路时遇到了强盗。

只因贪图利益，十几个人全部丢掉了性命，这让玄奘和一行人都不胜感慨，同时也令他们知晓了路途上的重重危机。玄奘一行将十几名胡商简单掩埋，又为他们简单做了超度后，继续前行。

高昌王麹文泰的国书和礼物起了很大的作用，焉耆国国王痛快地发放了关牒，让玄奘一行出境西行。不日，他们就来到了龟兹国。龟兹国在汉代时曾是中原王朝的辖土，后因局势动荡，自立为国。龟兹是西域诸国中佛法最为兴盛的一个国家，当年的佛学大师鸠摩罗什就出生在这里。龟兹境内矗立着蔚为大观的克孜尔石窟，石窟中的造像和壁画栩栩如生，精美绝伦，展现了龟兹人心目中的极乐世界。

得知玄奘是来自大唐长安的高僧，又是高昌国国王的御弟，笃信佛法的龟兹国国王在王宫设宴隆重款待他们一行，并用盛大的龟兹乐舞来表示欢迎。

龟兹的管弦乐舞流畅婉转，扣人心弦，令玄奘一行人叹为观止。在这里玄奘还了解了诸多奇风异俗，其中与中原完全迥异的是龟兹人以"扁平"为美，小孩出生后就要用前后两块木板夹住他们的脑袋，使其成为扁头，就连皇室的子嗣也不例外。

最令玄奘赞叹不已的，是龟兹国还有规模宏大的无遮大会。无遮大会取意无遮无拦，即不论是否信仰佛教都可以参加。无遮大会上僧侣云集，讲经辩论，当真是盛况空前的佛门活动。

龟兹的种种风情和重佛礼佛的风气，都给玄奘留下了很深的印象，也令他喜悦抃舞，衷心感叹。然而龟兹终归不是天竺佛国，几日后，玄奘离开这精通乐舞、充满欢乐的国度，继续西行。

西域占地广阔，但大都是戈壁荒漠，因此，西域诸国也多是沙漠中的绿洲国家，一国和另一国之间往往隔着数百里的戈壁，若是兵力充足的大国尚能对这些戈壁进行巡视管理，但兵少将寡的小国就没有这个能力了，他们之间的戈壁荒漠于是成了三不管的地区，也成为强盗们拦路抢劫的天堂。

龟兹国往西的国家是一个名叫跋禄迦国的西域小国。在前往跋禄迦国的途中，玄奘一行险些像焉耆银山下的胡人商队一样惨遭横祸，他们遇到了一伙短衣长鞘、来去如风的突厥强盗，这伙强盗竟有两千人之众，俨然是一支军队的规模。

无论是玄奘还是带队的欢信，全都惊得面如土色。在这前不着村、后不着店的荒漠中，遇到如此数量的强盗，就算是只鸟也决计飞不出去了。

第十二章　亡命凌山

高昌王麴文泰所赐甚丰，临别龟兹时，龟兹国王又赠予了不少布施。几个强盗头目看到玄奘的马队之中竟有如此多的金银绫缎，大喜过望，还未动手便商量起如何分赃来。

面对人多势众的强盗，欢信束手无策，玄奘也心如死灰。他清楚，在这伙以杀人越货为生的恶人面前，马队中的这三十个人就犹如羊投虎口，只有伸颈待宰的份儿了。而且他也绝不可能像劝说石磐陀一样，劝说两千人都放下屠刀，立地成佛。即便身陷八百里莫贺延碛中，玄奘也没有如此绝望过。他不禁仰天长叹，骑在高昌王麴文泰所赠的高头大马上，闭起双眼，轻诵起《大般涅槃经》来，"诸行无常，是生灭法；生生灭已，寂灭为乐……"

"我是抛却了生死西行取经的，既然一开始就有置生死于度外的决心，那么就算遭遇不测死在路途之中，也没有违背初衷。"想到此，玄奘略感释然，心中又平静如初。只是一想到欢信、沙弥和脚夫，这一干人都因陪伴自己取经而搭上性命，他又顿感痛楚难当。

通人性的枣红老马来到玄奘跟前，用面庞厮磨着他的手臂，仿佛在安慰他。久经世事的老马一定也看出了局势的凶险。

在高昌国时，因为高昌王已经配备充足了年轻体健的马匹，玄奘本打算将枣红马留在王宫的马厩里让它颐养天年，而且前路漫漫，行程艰遥，玄奘实在不忍心再让劳苦一生的它风餐露宿，忍饥挨渴。

可是，出乎玄奘意料的是，老马死活不愿同他分离。将老马带到宽敞干净的王宫马厩后，玄奘前脚刚走，它后脚便追了过来，如此反复几次它也不肯罢休。最后王宫里专事饲马的马夫将老马关在马厩里，添上上好的草料，但它竟然不理不睬，几天来一直无精打采。马夫同马打了一辈子交道，深知马的脾性，他找到玄奘，对玄奘说道："法师，这匹老马看来是非与你一同西行不可了，它和你出生入死共患难过，有了感情，也就把你当作是最亲密的家人了，倘若留它在此，它反而会被孤单折磨，难以适应，陡生疾病。老马同老人一样，在日薄崦嵫时，都希望陪伴在亲人跟前呀！"

不得已，玄奘只好将老马带上了路，但叮嘱脚夫既不让它驮人，也不让它载物，只让它跟在队伍里走即可。

玄奘睁开眼睛，怜惜地抚摸着老马的脑袋。就在这时，他看到了一幅匪夷所思的情形，欢信和其他人也都呆若木鸡。

围在他们面前的强盗分成几派，激烈地争吵起来，原来他们在如何分赃的问题上各持己见，互不相让，最终相互反目。这伙强盗们本就是由好几个团伙拼凑起来的乌合之众，个个都贪如饕餮，居心叵测，眼下见到如此多的金银，更是如蚂蟥见血一般，馋涎欲滴。

一番争吵辱骂之后，强盗们拔出武器兵戎相见，恨不得将对方杀得干干净净，将财物悉数留给自己。

更让人意想不到的是，强盗们策马厮杀，鏖突叫嚣，竟然

第十二章　亡命凌山

越打越远,直至看不到他们的身影。

"此时不逃,更待何时?"对于玄奘和欢信来说,这简直是从天而降的逃生机会,他们带领着人马向同强盗们相反的方向匆匆逃去。所幸的是一路之上并无盗贼追来,或许他们见利背信,争斗中已经同归于尽了。

在跋禄迦国休整了一天,进行了补给后,玄奘一行往西到达了葱岭。葱岭也就是今天所称的帕米尔高原,它是昆仑山、天山、喜马拉雅山等多个山脉的汇集地,这些山脉仿佛在这里打了个死结。葱岭可谓是群山起伏,雪山林立,被称作亚洲大陆的屋脊。

葱岭也是玄奘西行所经的最后一道屏障和最后一处自然险阻,翻过葱岭之后,就是中亚的广阔大草原,沿着草原南下就可以到达天竺。

对于玄奘和欢信而言,唯一能翻越巍巍葱岭的通道便是凌山。凌山地处葱岭北端,也是一座雪山,因"山上常有冰雪,终年不化,积而为凌"得名。

凌山便是今天的天山。远远看去,它黛蓝如湖,美不可言,山巅之上银光闪闪,宛若公主头顶上的宝冠。但走近后才知道,它高耸入云,险峭异常,实是一处崎岖险阻之地。

欢信等人久居高昌,并没有多少翻越雪山的经验,但有高昌王麴文泰临行前的谆谆嘱托在,他们还是不避艰险,带领玄奘从凌山峪口进入凌山。

凌山坡陡峰高，斧削四壁，人畜绝难攀缘，唯有从峪口方能顺势而上，缓缓进入。所谓峪口其实就是一个河口，春夏之时，凌山顶上的冰雪消融汇集成河，奔流而下；到了秋冬时节，冰雪重积，河床便也就干枯了。这也正是翻越凌山非得选在天气转寒之时的原因。这个季节河中无水，沿着遍布卵石的河床前行，便可进入凌山。

河床内的卵石都是春夏时节湍急的河水从凌山上冲下来的，它们远比莫贺延碛中的砾石大，有的甚至个大如牛。沿着卵石层叠的河床往里走并不是件容易的事情，尤其对靠四蹄行走的骡马来说，更加困难。玄奘和欢信指挥大家将马匹身上的财物和补给卸下来，尽可能多地背负在自己肩上，以便减轻它们的负担。尽管如此，仍有两匹马将马蹄踩进了石缝中，不幸扭伤了腿脚，这也大大降低了队伍行进的速度。

沿着河床向沟峪深处前行了数十里后，气温急遽下降，那些原本重重叠叠的塔松变得稀疏起来，取而代之的是低矮枯黄的植物和举目可见的冰雪。殿中侍御史欢信猜测，他们已接近凌山的雪线。

凌山上的植被和面貌骤变，脚下的沟底也大为不同，它们不再是堆积着密密麻麻卵石的干涸河床，而是散布着不可胜数的冰块、冰锥的冰雪河床。那些小冰锥与冰块大小迥异，但都棱角分明，如刃如刀，显然是从两旁的山崖上坠落下来的。凌山大大小小的峰崖上多积有冰帽，经年累月下来，这些冰帽越

第十二章　亡命凌山

来越大,最后不负其重坠落至沟底的冰面上,散落成千万冰砾。虽是冬季,凌山之中也时常会听到闷雷般的巨响,它们便是冰帽崩塌坠地时发出的。

河床变作了镜子一般光滑的冰床,玄奘一行人接二连三地摔倒在地,马匹们也蹄下打滑,战战兢兢。倘若这些马匹摔倒之后,恰巧被地上锋利如刃的冰块所伤,后果不堪设想。玄奘和欢信只能让队伍暂停下来,思索对策。

夜里,玄奘和大家只能将所有衣物都裹到身上,睡在冰面之上,因为河谷里根本找不到一处干燥的地方。过了子时,山谷中风雪杂飞,雪虽然不是很大,但气温变得折胶堕指,玄奘只得同大家紧紧抱在一起,相互依偎取暖,若非如此他们定然都会被冻僵于此。

天明之后,他们勉强找到了些干柴杂草,又捡来冰块放进壶里想烧些热水驱寒,却发现这里不仅天寒地冻,而且空气稀薄,湖中之水久煮不开。

在这光可鉴人的冰面上如何行走,大家各抒己见,有的认为事先将冰块与冰锥清理干净,这样即便马匹跌倒也不会有大碍;有的主张提前在冰面上敲凿一些凹坑以便增加摩擦力,但这些办法因为费时费力,难以实行,都被否决了。最后,还是玄奘提出的法子最终被采纳,那就是用毡布将马的四蹄裹上,这样一来既能够避免马蹄打滑,又能够避免马蹄碰到冰凌时被割伤,可谓一举两得。

就这样又往山上行了两日后，天气愈发严寒，风雪也开始肆虐，玄奘一行人走得越来越艰难，他们也渐渐离开河谷走上更为险峻的山道。

山道上虽然不似河床那般冰凝雪积光滑难行，但要狭窄得多，同时也更加危险复杂，它的一侧是壁立千仞的大山，另一侧就是深不可测的悬崖。为了防止人马不慎坠崖，玄奘和欢信将队伍分为几组，每三五个人用绳索连接在一起，每两匹马也用此办法连接，这样真有人和马失足滑下悬崖的话，也不会即刻坠落下去，旁边的人还有机会进行营救。

这天中午，接近一面陡坡时，一名脚夫因为扭了脚疼痛难忍，大声叫喊了几声。就在他刚刚喊毕，原本寂静如荒的山谷中突然间雷声轰鸣。

"这严寒季节怎么会打雷？"一名沙弥四下张望着，满脸疑惑地问。

"想必又是山崖上的冰帽掉了下去。"另一名沙弥答道。

"冰帽坠地不会有如此大的响动，也不会持续如此长的时间。"头一名沙弥摇摇头。

就在这时，脚下的山道像被筛子筛动一般抖动起来，紧接着整座山都仿佛在颤抖。两个沙弥大惊失色，玄奘和众人也都面面相觑。

"暴龙！是暴龙！"未等大家弄明白是怎么回事，欢信突然间指着前方的陡坡上高声叫道。

第十二章　亡命凌山

这下所有人都看到了，山坡上的积雪像洪水猛兽一般倾泻下来，发出震耳欲聋的呼啸声，同时席卷着沿途的砾石冰雪，仿佛要吞噬掉眼前的一切。

暴龙就是俗称的雪崩，亲眼见过它的人真的会相信它便是一条暴怒中的巨龙。它奔腾着，怒吼着，势不可当，拔地摇山。

"快伏下身！快让马匹骆驼也伏下身！"欢信急忙让大家躲避危险。

众人赶忙慌里慌张地寻找可以避身的地方。刚刚伏下身来，每个人便觉得面前的风雪骤强了数倍，夹杂着碎石与冰雪的飞屑，打在身上隐隐作痛。

不知过了多久，那雷霆大发的暴龙才平息了怒火，山谷间终于恢复了平静。

玄奘和欢信清点人马。所幸的是暴龙距此尚有一段距离，它的力量没有危及大家的安全，无论是人还是骆驼、马匹都没有损失一个。

万幸之中躲过此劫，欢信叮嘱大家此后一定不能大声呼叫，否则的话就会在山间引起震动，引发暴龙来袭。假如被暴龙裹挟进去的话，那是绝无生还可能的。据说除了高声呼喊外，倘若有谁身着红色的衣服，也会令暴龙发狂。

惊魂稍定后，队伍继续前行。这一次无人再敢喧哗，总算再无雪崩出现。然而，祸不单行，当天夜里他们便遭遇到了暴风雪，凛冽的寒风裹挟着层层雪花铺天盖地袭来。玄奘和欢信让所有人用绳索将彼此连接在一起，并将马匹、骆驼也相互连接，人躲在它们身后过夜，如此，他们才没有被大风吹落山崖，也才没有被冻僵死去。

仅仅一夜，皑皑白雪便漫过了马的膝盖，刺骨的冷风令它们鼻挂冰凌，微微发抖。为了庇护自己的主人，它们几乎搭上了性命。

风雪渐小后，队伍沿着山道往前走，没行多远又发生了一件令人胆战心惊的事情：积雪覆盖的山道突然崩塌了一小半，两匹马被这猝不及防的变故惊到，不及躲避，瞬间坠下了深崖。

这突如其来的变故让所有人都惊呆了，他们连忙后退几步。悬崖深不见底，自然无法前去营救马匹。玄奘既痛心又怜悯地诵道："阿弥陀佛。"

远眺山道，积雪累累。若无大雪覆盖，人和马还能够辨清脚下虚实，但此番情形下，无论是人还是马，都无法再知晓积雪之下何处是可以落脚的实地，何处是已经松动的崖石。除非等到山道上的积雪尽数消融再上路，否则的话定然还会有相似的灾祸接连发生。可这凌山之中风劲雪寒，不知待到何时何日山道上的积雪才会融尽。

玄奘一时间一筹莫展，欢信和众人也进退两难，束手无策。他们不敢贸然前行，只能再次停下来商量对策。

夜里，一位上了年纪的脚夫找到了领队的欢信说："大人，龟兹国国王不是还赠予我们两匹骆驼吗？"

第十二章 亡命凌山

"那又如何？"欢信望着这位面如刀刻的脚夫，不明其意。

脚夫答道："大人，小人自幼与骆驼为伴，熟知骆驼的习性，那穷荒绝漠之中多有流沙，人马若遇到多半会吞噬其中，但鲜有骆驼遭此厄运，大人知道是何故吗？"

欢信摇了摇头，虽然长期生活在西域，但他对此也不甚了解。

脚夫接着说："这是因为驼掌能够探得脚下的虚实。驼掌踩在地上时并非完全踏实，而是只用一半力道，若它感到沙地结实便继续落掌，但它若感到脚下有异时，便会迅速抬掌离开。这正是骆驼在沙漠里长期生活磨炼出来的独特本领。"

"可眼下我们并非是在沙漠中，我们身处冰雪覆盖的凌山。"欢信提醒脚夫，不明白他为何要说这些。

"大人请听小人详述。"脚夫说道，"众人皆以为骆驼只擅长在沙漠戈壁中行走，却不知它们同样擅长在各种险地中行走。论奔跑驮物它们比不上马匹，但若论灵敏聪慧、及时避险，它们就技高一筹了。道路之上虽有积雪，骆驼仍旧能探得虚实，能及时躲避坍塌松动之地，化险为夷，保全自己。"

欢信又惊又喜，连忙问道："骆驼真的有此本领？"

"绝无虚假，小人曾同骆驼走过此般道路。"脚夫肯定地回答。

"你是说……"欢信的眼中有了亮光。

脚夫点点头："让骆驼在前面带路，人紧紧跟在其身后，见其停便停，见其行便行，唯有如此，方能顺利到达山顶。"

苦无妙策之际，老脚夫的这个主意犹如大漠之中的甘泉，又如暗夜之中的明灯，令欢信如释重负，他满心欢喜地问道："如此说来，马队只要跟在两峰骆驼身后就可以走出凌山？"

欢信没料到老脚夫摇了摇头，神情凝重地说："大人，您没瞧见吗？或许是被风雪侵蚀，那条山道已经成为岌岌可危的'桥路'了，它下面的土石多处已被掏空，无法再承受如此多的人和如此多的马匹的重量了。倘若是一两峰骆驼和三五个人或许尚能勉强通行。"

阴云涌上了欢信的面庞。

老脚夫接着说："御史大人，小人在西域行走多年，也积攒了些观看天象的本领，依小人看明日或许还有强风暴雪，因此要通过这段危险重重的山道，得抓紧时间才行。"

欢信抬头望了望冰雪堆积的凌山山巅，长长地吸了一口气，他知晓自己得做出一个重大的抉择了。

欢信将全体队伍集合在一起，让老脚夫把骆驼能探路的事情以及眼前的形势讲述了一遍。他语气郑重地说："大雪覆路，此刻我们别无他策，只能分成大小两队，小队人马由玄奘法师、两名随从和两峰骆驼组成，即刻上路西行，以免风雪来袭。余者人马为大队，同我寻找地方躲避风雪，原路返回。"

欢信安排老脚夫和一名沙弥陪同玄奘赶路，并将两峰骆驼全部留给了他。

这样的安排令玄奘泪落沾襟，他知道欢信同高昌王麴文泰一样，是在尽己所能，倾其所有来帮助自己。为了让他能顺利

第十二章　亡命凌山

西行，他们将最好的机会和最好的资源都留给了他，而把危险和困难都留给了自己。暴风雪将再至，不知他们能否安然度过，又能否安然回到高昌。昨夜的风饕雪虐都险些让大家和马匹陷入绝境。

望着这些日子来因昼夜操劳而满脸憔悴的欢信，玄奘百般感激。他动容地说道："侍御史大人的善举，贫僧深铭于怀，没齿难忘，唯有不惜万难，取得真经来回报。"

"法师不必多礼。临行之际吾王再三叮咛，要不惜代价送法师至凌山以西的草原，可惜中途遇阻，只能便宜行事，不能陪同法师到达可汗浮屠，还望法师海涵。"欢信拱手说道。

玄奘本想让枣红老马也跟在身后，但两匹高头大马坠入深渊的场景仍历历在目，料想前方凶多吉少，他不忍看忠心耿耿的老马也落得如此下场，只得狠下心来让它跟随欢信返回高昌。玄奘将老马搂在怀里抚了又抚，在莫贺延碛中同生共死的情形再度出现在眼前，若不是这匹赤胆忠心、识途认路的老马，自己恐怕早就葬身茫茫戈壁了。念及此，玄奘再度潸然泪下。老马也难受，不舍玄奘，用力地扬着脖颈，想挣脱年轻脚夫手中的缰绳回到他身边。

临别之际，欢信大声说："法师，我们等你取经回来，在高昌国再度聚首！"老马也发出一声长鸣，似是为玄奘送行。

在看似笨拙木讷实则灵敏机巧的骆驼的带领下，玄奘赶在风雪来袭前通过了这段险道，并最终到达了凌山之巅。

玄奘此时不知,欢信、枣红老马,还有其余人马,未能返回高昌,全部葬身于风雪之中,为了助他西行,他们付出了生命的代价。

第十三章

终至圣土

凌山东西两侧气候迥然，这边天寒地冻，冰封雪飘，那边却是草长莺飞，温暖如春，再没有风雪和暴龙的阻隔，玄奘很顺利地下了山。

来到山下之后，玄奘不禁泪如倾盆。凌山是前往天竺之路的最后一道屏障和最后一个天堑，过了凌山之后，前方就再也没有戈壁绝漠、雪峰险山了，可以说最危险的路段已经走过了，最黑暗的厄困已经度过了，前往天竺的路途变得平坦光明了。

离开凌山不久，玄奘就遇到了一片碧波潋滟的大湖，当地人将它称为"热海"。热海就是今天的伊塞克湖，它因终年不结冰而得此名。伊塞克湖的湖水是几十条雪山消融而生的河流汇聚在一起形成的，湖水清澈无比，宛若宝镜。伊塞克湖如今是中亚最著名的疗养胜地。"沧浪之水清兮，可以濯吾缨；沧浪之水浊兮，可以濯吾足。"玄奘在蓝宝石般的伊塞克湖中濯去了一路的疲乏与尘土。

在距离伊塞克湖不远的大草原上，玄奘和老脚夫、小沙弥巧遇正在狩猎的西突厥统叶护可汗。统叶护可汗的态度不冷不热，不过他叮嘱玄奘，三天之后到碎叶城拜见他。

三天之后，玄奘如约来到了碎叶城统叶护可汗的豪华大帐中。碎叶城只是一座由千万个土屋和毡帐组成的高原小城，其规模和繁华程度远不能同大唐的城池相媲美。不过统叶护可汗就是在此运筹帷幄，控制了中亚辽阔的疆域，指挥着数以万计的突厥骑兵。

作为能征善战、喜欢征服的君王，统叶护可汗对玄奘所言的求取真经、博爱众生并不感兴趣，相反，他对高昌王麴文泰亲笔所写的国书兴致甚浓。凡是君王，无不希望四夷宾服，八方来贺，统叶护可汗也不例外。高昌国是西域诸国中最为强盛的一个，同西突厥之间又隔着万丈葱岭，但高昌国国王居然以奴婢自称，言辞极为恭敬，恳求西突厥能放他的御弟和尚西行。

高昌王的态度令统叶护可汗极为满意，也令他的虚荣之心得到了满足。这样一来，他不仅发放给玄奘盖有自己印戳的公验，还从自己的军队里找出几名通晓葱岭以西各个小国语言的士兵，让他们充当翻译，将玄奘一直送到天竺国界。

不过作为称霸一方的君王，统叶护可汗似乎并不将天竺放在眼中，临行之前他劝说玄奘道："法师其实大可不必千里迢迢赶往那里，那里骄阳似火，酷热难当；十月后的干旱酷热就如同这里的五月。法师是中原之人，定然不习惯如此气候。真到了那里，法师恐怕要被晒化呀！另外，那里的人也都个个黢黑，毫无威仪可言。法师弗如留在这凉爽舒适之地。"

玄奘生怕统叶护可汗像高昌王麴文泰一样强留自己，连忙说道："贫僧只为求取贝叶真经，并不在意严寒酷暑。贫僧既已翻过了万丈葱岭，如若半途而废着实可惜，还是继续西行为妙。"

听玄奘这么说，统叶护可汗也没有再为难他。

有了西突厥可汗的公验和他派出的几名兼做翻译的士兵跟随玄奘，接下来的行程要顺畅得多。摄于西突厥的势力，葱岭以西的中亚小国鲜有阻碍玄奘一行的，并且都力所能及地为玄奘提供补给。

沿着古丝绸之路，玄奘一行到达了一个名叫赭时国的小国。赭时国又叫石国，国民大都姓石，中原的许多石姓之人的祖先就生活于此。玄奘还途经了一个只有三百户人家的袖珍小国，这三百户人家全是汉人，他们是很久以前被突厥军队掳掠至此的。他们自立为国，始终保持着中原的习俗。同伊吾国寺庙中那位老僧一样，时隔多年，骤然之间见到来自故土的人，他们无不惊喜交加，泪落沾襟。

一路跋涉，玄奘接下来到达了被大唐称之为康国的飒秣建国，这也是在中亚诸国中他头一次遇到阻碍的一个国家。

飒秣建国从百姓到国王举国上下都信仰拜火教，认为火能够带来光明与力量。或许是由于这个原因，飒秣建国的百姓们对包括佛教在内的其他宗教都很排斥，他们还有一个让人觉得匪夷所思的习俗，那就是如果有信仰佛教的僧人来到飒秣建国的话，大家就要放火驱赶。在他们的心目中，佛教是愚暗，要用火来驱散。

果然，正当玄奘在飒秣建国的王宫中求见国王时，随行的沙弥和脚夫受到了百余名拜火教徒火把的围攻，险些被大火烧死。

闻此情形，玄奘同飒秣建国国王展开了辩论，最终让国王认识到了佛教并非愚暗之教，而是普度众生、引人向善的宗教。在了解了玄奘西行求经之路的艰难后，飒秣建国国王更是深受感动，他甚至像瓜州的胡人石磐陀一样，请求玄奘为自己授戒当一名居士。

飒秣建国国王将都城的百姓们召集在广场上，宣布从今往后，不得再歧视、驱赶佛教徒，除了信仰拜火教外，举国上下还要提倡信仰佛教，因为佛教能令人摆脱欲望，向善而生。

最后，为了表达自己的决心，国王决定严惩昨日带头火攻脚夫和沙弥的人。他宣布道："为彰新法，对昨日纵火驱赶大唐僧人的首犯判处断足之行，其余从犯皆逐出国门。"

听闻此令，玄奘深感骇然，他忙喊道："大王不可！"

飒秣建国国王一脸疑惑地问道："法师认为此刑过轻？"

玄奘摆手急道："非但不是过轻，而是判得过重。我佛慈悲为怀，怜悯众生，即便是蝼蚁虫豸也不忍伤害，何况是人乎？断足之行恰与佛教之精神相左。贫僧借入贵国，本为寻求解救

第十三章 终至圣土

众生之法，今日若陷人于断足之苦，岂非事与愿违？"

就这样，在玄奘的劝说下，飒秣建国免去了对众人的惩罚，佛教也开始在这个途经之国落地生根。

告别飒秣建国国王后，玄奘一行来到了中亚最著名的关口铁门关。铁门关因两旁山上多产铁矿，大门上又镶有铸铁而得名，它是中亚通往南亚的咽喉要道，过了铁门关，也就意味着来到了南亚，就是被大唐称为天竺的古印度诸国，距离长安城里的天竺僧人波罗频迦罗密多罗所说的摩揭陀国，就只有咫尺之遥了。

出了铁门关之后，玄奘不再西行，而是向南而行。他途经了位于今天阿富汗的羯霜那国、呾蜜国、缚喝国和揭职国，来到了梵衍那国。在梵衍那国，玄奘见到了两座雕刻在山崖上的巨大佛像，其中的一尊高达一百五十尺，它们便是举世闻名的巴米扬大佛。可惜的是，这两座玄奘亲睹过的雄伟大佛，在一千多年后被塔利班极端组织用炮火摧毁。

随后，玄奘在当地猎人的带领下，翻越了黑岭雪山，来到了那揭罗曷国。那揭罗曷国也是天竺诸国中有名的佛教圣地，这里供奉着一块世间少有的佛顶骨舍利。在佛陀舍利中尤以顶骨舍利最为珍贵和神圣，当地人常用它来占卜吉凶祸福——用裹着香泥的丝绸轻轻印在顶骨舍利上，根据香泥上留下的图案来判断福还是祸。玄奘膜拜了顶骨舍利之后，也入乡随俗，轻印香泥。出人意料地，他得到了一个菩提树的图案，这可是吉兆中的吉兆，因为当年佛陀就是在菩提树下悟道成佛的。这次占卜也极大地增强了玄奘求得真经的信心。

除了佛顶骨舍利外，那揭罗曷国还有一处佛教圣迹，那就是佛影窟。在那揭罗曷国贾拉拉巴德的大山深处，有一个幽暗的山洞，洞口虽小，但里面很开阔，据说同佛有缘的人会看到佛的影子出现在洞窟中。不过，由于佛影窟地处悬崖峭壁之上，并非每个人都能瞧见佛影，而且路上还常有强盗出没，很少有人敢去那里。玄奘听闻了这个神奇的洞窟后，一心想瞻仰佛影，毅然决定前往贾拉拉巴德山。

玄奘不想让脚夫和沙弥跟随自己身陷危险，于是执意只身前往佛影窟。

当初同天竺僧人波罗频迦罗密多罗所学的梵语派上了用场。在一名当地小孩的带领下，玄奘来到了贾拉拉巴德山；又在一位识途的老人的指点下，他来到了通往佛影窟的山间小道。正如人们所言，此地因为饥馑贫穷，多有盗贼出没。五个手持钢刀的强盗拦住了玄奘和指路的老人。

玄奘的面孔和穿戴不似本地人，强盗头目打量了他一番后问道："你要去何处？"

"贫僧打算去佛影窟里拜佛影。"既已落入虎口，玄奘保持镇定，如实回答。

"你难道没听说这里有强盗吗？"头目又问道。

从长安到凉州，从瓜州到葫芦河，从玉门关到五烽，从莫贺延碛到高昌，从跋禄迦国到凌山，从碎叶城到飒秣建国，一路上的一次次生死劫难，已经让玄奘看破生死，处变不惊。他平静地答道："贫僧既为礼拜而来，即便是豺狼猛虎当道也无所畏惧，何况施主是人不是虎。"

以往拦阻的人不是魂飞魄散，就是跪地求饶，从未有谁像玄奘这般镇定过，而且，玄奘说他们是人不是兽，这让几个强盗甚感稀奇。

这时候，带路的老人插嘴说："这位法师是从大唐来的高僧大德，前往摩揭陀国求经学法。"

听老人如此说，强盗们再次打量玄奘，觉得他的确仪容庄重，气度不凡。

"你真的能见到佛影吗？"强盗头目将信将疑地问。他又对四个同伴说："我们虽常年在此劫物，却从未亲眼见过佛影窟中的佛影，或许这个大唐僧人真有此福分，不如我们放他一马，随他到佛影窟里开开眼界。"

几名强盗连声称好。

就这样，他们跟随着玄奘和老人来到了黑黢黢的佛影窟中。玄奘轻诵经文，诚心礼拜，然而连拜了一百遍后，洞窟中仍漆黑如故；玄奘又接连拜了一百遍后，东面的墙壁上出现了一团朦朦胧胧的光影，依稀能辨出是个佛陀的形象。不过它一闪即逝，老人和强盗们无不瞠目结舌，但他们一点儿声音也不敢发出。

玄奘喜极而泣，信心倍增，又接连拜了两百拜后，洞壁之上终于出现了一个清晰可辨的佛影，但见一尊身披金色袈裟的佛安坐于莲花之上。这次佛影持续了好一会儿才渐渐消失。

佛影带给指路老人和五名强盗极大的震撼，他们都情不自禁地拜跪在地，尤其是几名强盗，纷纷丢掉身上的长刀，决心弃恶从善，悔过自新。他们请求玄奘为自己授戒，从此只行善事。

随后，玄奘一行再次出发，渡过印度河来到了犍陀罗国。犍陀罗国同样是历史上的佛教圣地，世界上的第一尊佛像就是在此诞生的。早期的佛教并没有偶像，人们只能通过菩提树和佛足印来纪念佛陀；后来，受希腊文明的影响，最早的佛像才出现在犍陀罗。

玄奘到达之时，犍陀罗国早已萧条了上百年，到处都是残破的寺院和倒塌的佛塔，他只能怀着深深的遗憾，怅然南行，到达了迦湿弥罗国。迦湿弥罗国是北印度的一个大国，也是佛教历史上第四次结集佛文经典的地方，同样是个佛教圣地。国内佛塔林立，庙宇层叠。

让玄奘一行人颇感惊讶的是，他们刚踏入迦湿弥罗国境内，就有国王派来的车马队伍等候迎接，一直将他们接入王宫中的寺庙里。原来，就在玄奘一行到来的前一夜，寺庙中的几位高僧做了同样一个梦：一位神明告诉他们，天明之后将有一位僧人从遥远的地方而来，你们快去迎接。

就这样，僧人们将信将疑报告国王后，与国王的车马队伍

第十三章　终至圣土

一起前去国境迎接，果然迎来了从遥远大唐而来的玄奘。

玄奘的到来也引起了迦湿弥罗国国王的重视。国王不仅安排他讲经辩经，还让一位年过古稀、全国最德高望重的法师为他讲授佛文经典，教他熟识梵文规律。玄奘格外珍惜这难得的学习机会，一直待到来年秋天才离开，这大半年时间里，他受益匪浅，在梵语运用和佛学修养上都突飞猛进，日臻成熟。

离开迦湿弥罗国后，玄奘朝南向中印度进发。在中印度的磔迦国，玄奘一行又一次遭遇了险情。当他们途经一片丛林时，突然从树后跳出来五十多个手持刀斧的强盗。强盗们二话不说，将玄奘一行的补给和财物一抢而空。同别的强盗不一样，抢得了钱财后，他们并没有一哄而散，而是将玄奘诸人往一个干涸的池塘中赶。原来强盗们似乎看出了玄奘一行不是普通客商，而是有王家的风范。他们怕之后被捉住，决定杀人灭口，将玄奘一行人全部杀死在池塘中。

包括玄奘在内，所有人都以为这一次在劫难逃了。就在他们已经绝望的时候，一直跟随玄奘的小沙弥心细眼尖，发现了池塘中的一个排水洞。

"师父，我们可以从这里逃生！"沙弥低声说。

于是，玄奘和小沙弥一前一后，从勉强能容身的排水洞钻了出去，然后风风火火地找人求救。幸运的是，他们恰巧遇到了一位正在耕地的农夫。农夫是位热心正直的人，听说他们遇抢后，丢下水牛朝自己村庄所在的方向吹起了海螺。一会儿工夫，一百多位村民拿着农具刀叉冲了过来，正欲行灭口之行的强盗们见此情景，慌忙中作鸟兽散。

死里逃生之后，所有人都放声大哭，只有玄奘平静如初。众人都问："师父，我们的衣物盘缠全部被抢走了，你怎么毫不在乎？"玄奘回答道："天地之大德曰生，这世界上最宝贵的东西就是生命，只要生命保住了，其他损失又算得了什么呢？"

是啊，只要一息尚存，就要不惜一切代价前往佛国圣地。凭借着这种决心，玄奘带领大家继续往南。他们经过了一个盛产黄金的名为苏伐剌拿瞿呾罗国的小国。这个国家世代以女性为王，男子的地位十分低下，是个不折不扣的"女儿国"。他们还途经了一个名叫曲女城的国家，并且和国王戒日王探究佛法，成为无话不说的朋友。正是通过玄奘，戒日王了解了大唐的风土人情；也正是由于玄奘，戒日王向大唐派出了使者，促进了中印历史上的第一次交流。

道别戒日王，继续往东南走了六百余里后，玄奘见到了印度的圣河恒河。这里的人都相信恒河水可以洗去人世间所有的苦难和罪恶。

恒河上有很多往来的船只，乘船就可以沿河流而下，节省很多体力。玄奘一行也搭乘了一艘渡船，继续往东南方向而行。

恒河上波光粼粼，河岸两旁树木葳蕤。从长安一直到这里，一路都是靠双脚和马匹前行，从未像眼下这般轻松惬意。玄奘和诸人都沉浸在恒河的旖旎风光之中。他们万万没有料

第十三章　终至圣土

到，在这圣河之上，也会有罪恶的勾当发生。

玄奘一行所乘的船只被十几艘从两岸隐蔽处冲出来的木船拦住。木船上全部是气势汹汹的强盗。他们将玄奘的船逼停靠岸，又将玄奘诸人带到岸上的树林之中。

这伙强盗同玄奘之前遇到的强盗大不一样。将金钱财物洗劫一空后，他们既没有匆匆散去，也没有打算杀人灭口，相反他们逐个打量玄奘等人，要挑选一个相貌不凡、仪表堂堂的人。

原来，这伙强盗是古印度性力派的信徒，他们信仰突伽天神，每年春秋两季要各选一个容貌端庄的人来进行献祭。他们认为，只要杀掉一个肤净貌端的人祭祀了突伽天神，就可以抵消他们常年抢劫的罪过，甚至可以积攒功德。

"腹有诗书气自华。"精通经典、气质脱俗的玄奘首当其冲被强盗们挑选了出来。他们用泥土筑起了一个小型的祭坛，让被捆住手脚的玄奘坐在上面，然后又打来恒河水将他冲洗得干干净净，准备开刀行祭。

眼见玄奘将丢掉性命，随行之人无不痛心伤臆。他越过万水千山，历经重重险阻，眼看就要到达摩揭陀国了，却不幸落入了这伙邪教徒之手。

年轻的沙弥四下打量，可这次却找不出能救玄奘性命的法子了。万般无奈之下，他只好大声向强盗哭求："请放了我师父，我来当人牲吧！"

连上了年纪的脚夫也苦苦哀求："请用我来献祭吧！"

令他们失望的是，强盗们根本不为所动，他们认定玄奘就是最佳的人牲。

刀在项上，同往常遇到危险时一样，玄奘没有惊慌失措。他知道自己这一次在劫难逃，干脆抱定了必死之心。他对强盗们说："贫僧这具秽陋的身体，居然能充当祭神之物，贫僧本不该吝惜，只是贫僧不远万里前来求经学法，夙愿未酬，就死于非命，恐怕对你们而言不太吉利。"言罢便专心诵起佛经来，以便让自己忘却身处何处，身处何境。

强盗们虽对玄奘能如此镇定颇感诧异，但对他说的话并不在意，仍旧决定依计行事。

也许只是某种巧合，就在他们手起刀落之际，恒河岸边突起狂风，不仅吹枝折叶，还将强盗们的木船吹翻几艘。

强盗们大惊失色，忙问年轻沙弥："此人究竟是谁？"

"他便是从大唐远道而来求取真经的高僧，你们若杀了他，定会招致天怒人愤。你们瞧，你们的突伽天神已经发怒了，他显然不想让高僧来当祭品。"机灵的沙弥说。

天象突变的情形，令强盗们不得不相信沙弥的话。他们也认为一定是突伽天神震怒显威，于是七手八脚地放了玄奘，在他身旁头如捣蒜，跪拜忏悔。

强盗们纷纷将手中的凶器丢进恒河里，表示再也不敢随意作恶。

此番惊险是玄奘求取真经路上的最后一个劫难。从此以

第十三章 终至圣土

后,他再没有遇到类似险阻。玄奘先是来到了释迦牟尼的诞生地迦比罗卫国,瞻仰了佛陀的足迹;接着又来到了佛陀的涅槃之地拘尸那揭罗国,感悟了佛法的长存;最后赶往鹿野苑,当年释迦牟尼在菩提树下得道成佛之后,就是在这里第一次讲述佛教教义的。

经过最后的跋涉,玄奘终于来到了心目中的圣地摩揭陀国。此时距他从长安出发已经整整四年,他已年满三十二岁。

摩揭陀国是中印度的一个大国,自古便是古印度水陆交通的重地。这里物阜民丰,礼圣敬贤,是佛教的发源之地和吉祥之地。当年释迦牟尼悟道成佛的菩提树就生长在这里。玄奘先专程去膜拜了这棵千年圣树,才来到了最终的目的地那烂陀寺。

来到那烂陀寺脚下时,玄奘百感交集,喜极而泣。四年之前,在长安城内偶遇天竺僧人波罗频迦罗密多罗,从他口中知道了那烂陀寺,知道了戒贤长老和《瑜伽师地论》。从此以后,他们便如天边的星辰一般映亮了他的整颗心,也改变了他的人生,并且指导着他克服千难万险、生死劫难,一路西行。眼下,昼思夜想的圣殿就在面前,他竟然有一种不真实的感觉,生怕跟前的一切只是场梦幻。当他的双手颤颤巍巍地触到那烂陀寺温暖的墙壁上时,他再一次泪如雨下。

那烂陀意为不知疲倦地施舍。那烂陀寺是天竺佛教的最高学府,这里僧房栉比,不计其数,不论讲堂还是膳堂都能同时容纳千人以上,整座寺庙金顶辉煌,规模宏阔,气象庄严。那烂陀寺所藏典籍极其丰富，室内有"宝彩""宝洋""宝海"三座殿堂用于存放经书，典籍数量超过了九百万册，可谓是天竺的学术文化中心。玄奘到来之时正值那烂陀寺的全盛时代，寺内常住僧人四千多名，加上外来进修的僧俗，人数超过一万人。摩揭陀国国王对那烂陀寺格外重视，专门划拨百余座城邑的收益来供养僧众。除此之外，每天还有二百户人家专门为那烂陀寺供应数百石粳米和酥乳。那烂陀寺的住持正是穷览一切佛学经典、德高望重的戒贤长老。

戒贤长老此时已经一百零六岁了，他安排那烂陀寺的僧人为玄奘一行举行盛大的欢迎仪式。整座寺院的僧人都集合在了一起，逐一同他见面，相互问候，表达敬意。寺庙内还响起了经久不息、响遏行云的鼓声，这是对一位佛教徒的最高礼遇。

最后，在二十名仪容威严的高僧陪伴下，玄奘来到了那烂陀寺的六和堂中，正式拜见敬仰多年的戒贤长老。

戒贤长老是佛学泰斗，深得佛藏之奥义，因而在那烂陀寺中人们都尊称他为"正法藏"。

玄奘入乡随俗，匍匐在地，行施大礼。尽管尽量克制着自己的情绪，他眼前还是一片湿热。他朗声说道："大唐国学僧玄奘久仰正法藏盛名，今日得觐慈颜，不胜荣幸。"

此时此刻，望着戒贤长老那慈和庄严的面孔，玄奘心中如苍茫大海一般涌起层层浪涛。西行之路上的那些艰难往事汹涌而来，令他心戚神伤。葫芦河边的心惊胆寒，石磐陀刀下的九

第十三章　终至圣上

死一生,莫贺延碛里的绝望无助,高昌国里的绝食以争,万丈凌山间的险象环生,跋禄迦国的命悬一线,磔迦国的侥幸逃脱,恒河边的绝处逢生……这一路不知经历了多少困难、险阻、黑暗与绝望,这一路不知多少次与死神近在咫尺、擦肩而过。然而,此时此刻,它们都过去了,它们都像那戈壁中的蜃楼幻影和绝漠中的点点磷火一般消失得无影无踪。"生死大海,谁作舟楫?无明长夜,谁为灯炬?"是啊,唯有凭借抛却生死的勇气和意志,才能越过千山万水,渡过厄困艰难;唯有依靠坚若磐石的信念和付出一切的决心,才能抵达佛门圣境,求得佛法真谛。从此以后,它们也将为大唐的黎民百姓带去依靠、抚慰与光亮。

戒贤长老请玄奘在坐床入座,详询他不辞万里来到天竺,并且将那烂陀寺作为最终目的地的原因。玄奘都逐一详答:"大唐经文多由西域胡人翻译,言语相隔,音义差舛,从而导致同一经文多有歧义、玉石难分,玄奘于是起了西行求法之心;又闻正法藏精通《瑜伽师地论》,若能得此大法,必可拨云见日,尽除心翳,令大唐黎民也自在从容,逃离苦海。"

没想到戒贤长老听完他的回答后,竟然老泪纵横,感叹地说道:"法师竟是老衲的有缘之人啊!"

玄奘不明就里。戒贤长老的弟子为他讲述了个中缘由。原来,这些年由于辛苦禅修,戒贤长老患上了严重的痛风病,三年之前是昼夜发作,疼痛难忍,戒贤长老甚至打算绝食结束生命。就在此时，他梦见了文殊菩萨、观自在菩萨和弥勒菩萨。三位菩萨告诉他：佛门并不鼓励人们因为病痛而自杀，解除痛苦的方法是通过修行和宣扬佛法来积累功德。三位菩萨奉劝戒贤长老大力弘扬弥勒佛口授的《瑜伽师地论》，并且告诉他会有一位僧人从遥远的大唐专程而来学习《瑜伽师地论》，希望他尽心教导。就因为这个梦，戒贤长老放弃了绝食的念头，并且一直耐心等候从大唐而来的求经人。

玄奘的到来恰好印证了戒贤长老的梦境，正因为如此，他对玄奘施以隆重仪式迎接；也正因为如此，他不顾百岁高龄，亲自为玄奘讲解《瑜伽师地论》。

《瑜伽师地论》卷帙浩繁，体系完备，是佛教最重要的典籍之一。为了让玄奘掌握《瑜伽师地论》的精髓与奥义，戒贤长老不辞辛苦，逐条讲解，总共花费了十五个月的时间，才将它全部讲解完毕。玄奘也终于对这部博大精深的佛教典籍有了深刻的领悟。

为了方便玄奘继续学习其他佛教经典，戒贤长老为他提供了那烂陀寺中最高的待遇。他每天可以得到大米一升，龙脑香一两，豆蔻二十颗，槟榔子二十颗，瞻步罗果一百二十枚，出行还可以乘坐大象。当时的那烂陀寺中只有十名高僧能享此待遇。

玄奘在那烂陀寺中待了整整五年。优于常人的待遇，浓厚异常的学术气息，开放包容的学术环境，随时可以请教的高僧大德，每日都有的论经辩经，这些条件让原本就勤勉好学的玄

第十三章 终至圣土

奘如鱼得水，终于成长为一代佛学巨人。这五年之中，玄奘还刻苦钻研了佛教界的专用语言梵文，终于对它精熟于心，这也为他日后翻译经文打下了良好的基础。

那烂陀寺的五年，让玄奘内外学兼修，大小乘兼通，但他深知佛学博大精深，并不故步自封，继续到东印度和西印度各国游学参修，提高自己的境界和修为。接下来的三年里，他的足迹遍布五印度的佛窟寺院，声名也扬遍了整个天竺。天竺多个国家的国王和高僧都以能亲耳聆听到玄奘的讲经为荣，以至于为争夺这样的机会而险些大动干戈。有一次，东印度的鸠摩罗王和中印度的戒日王这两个印度名王，为了争夺玄奘几欲兵戎相见，最终势力更强的戒日王获得了供养玄奘的机会，可以说玄奘在天竺取得了空前绝后的佛学地位。

玄奘在整个天竺的影响如日中天，就连戒贤长老也认为他应该留在天竺这个佛法的发源地继续弘扬佛法。但玄奘没有忘记自己的初心，他知道自己返回大唐的时间到了，他要将包括《瑜伽师地论》在内的佛法真经带回大唐进行翻译，让佛学的精髓造福那里的万千百姓。

公元641年，四十二岁的玄奘不顾戒日王等人的一再挽留，带着六百五十七部、五百二十夹贝叶真经以及部分舍利和佛像，踏上了返回故土的行程。此时有戒日王的大力支持，他完全可以乘船从海上返回大唐，但他牢记着与高昌王麴文泰的约定，依旧选择了陆路。

一路之上有无数僧众前来送别玄奘，甚至在玄奘已经行路三天之后，戒日王和鸠摩罗王又分别率领数百人骑马追来，再次同玄奘挥泪告别。戒日王还派遣四名官员带着他的亲笔书信，护送玄奘到天竺边境。戒日王势力强大，有了他的照会，沿途各个小国都提供补给，派出马匹护送，玄奘一行一路之上再没有遇到盗贼。

就这样，玄奘顺利地踏上了东归的道路。在中亚和西域各国的路程也显得一帆风顺。这时大唐军队早已大败东突厥，国势强盛，威震四方，已经成为显赫一时的头号强国，没有谁敢再得罪来自大唐的高僧了。

当初若不是高昌王麹文泰以举国之力相助，玄奘决计难以越过万丈葱岭到达天竺。玄奘急不可待地赶往高昌国，准备兑现承诺，停留三年，讲经说法，答谢这位情深义重的御兄。然而出乎他意料的是，麹文泰竟早已不在人世，高昌国也不复存在。原来，当初麹文泰投靠了西突厥统叶护可汗，与西突厥联合反唐，最终惨遭兵败，最后在孤立无援、惊惧万分之中死去，曾经繁荣一时的高昌国也因此而亡国。

也正是在这里，玄奘听说了欢信、枣红老马和其他人马并没有返回高昌，都不幸罹难于凌山风雪中的事情。玄奘不禁伏地痛哭，伤心欲绝。为了助他取经，这些古道热肠的人们和那忠心耿耿的马匹都付出了生命的代价。

高昌王既已过世，玄奘便径直赶往大唐。起初他还心存忐

第十三章　终至圣土

忐,担忧唐太宗李世民会不会怪罪他当年偷渡出境的事,但令他没有想到的是,此时突厥已灭,再无边境之扰,胸怀天下、凤翥龙骧的唐太宗不仅不计前嫌,还派出宰相房玄龄亲自将他迎入长安城。

玄奘回到长安城后,众人奔走相告,一时间万人空巷。人们都想亲睹这位历时十九年、行程五万里、历经千辛万苦求回真经的高僧。

唐太宗李世民亲自主持了规模盛大的欢迎仪式,迎接玄奘的荣归。玄奘带回来的六百五十七部经书、一百五十粒佛祖舍利和七尊佛像也被送至碧瓦重檐的皇家寺院弘福寺珍藏,同时,玄奘也被安排居住于寺院中进行经文的翻译。

在朝廷的鼎力支持下,玄奘和他亲自挑选出来的助手、僧人夜以继日地进行经书的翻译。后来长安城内修建了规模更为宏大的皇家寺院大慈恩寺,玄奘被唐太宗亲自委任为住持,将贝叶真经带到这里继续翻译。

唐太宗驾崩之后,在玄奘的建议下,继位的唐高宗模仿那烂陀寺附近亘娑塔的式样修建了大雁塔,以便存放容易在火灾中焚毁的贝叶真经。"亘娑"就是大雁的意思,传说佛祖曾化身为大雁从空中撞地而死,教导人们不要杀生。亘娑塔给玄奘留下了极深的印象,因而他建议修建此塔,也算是对自己在天竺生活的纪念。

自此以后,玄奘便在大雁塔中昼夜译经。在整整十九年的译经生活中,他共翻译了七十五部、一千三百三十五卷佛经,总计一千多万字,为佛教文化的传播做出了不可磨灭的贡献,也为大唐留下了一笔无可估量的精神财富。

在年迈体衰之际,玄奘曾回到自己的故乡洛阳陈村。夕阳西斜,炊烟渐起,古老的村落在夕阳之中仍旧是那般静谧、安详。天黑之后,万千星子也依旧将天空装点得美不胜收。这么多年过去了,陈村似乎丝毫也没有改变,但玄奘知道,六十年前在这里出生的那个婴儿,凭借自己一生的执着努力,改变了大唐万千黎民的精神世界,使人民从此更加幸福喜悦。